铲平王传

高珍华
作品

中国出版集团

现代出版社

图书在版编目（CIP）数据

铲平王传 / 高珍华著. -- 北京 ：现代出版社，
2017.7

ISBN 978-7-5143-6278-7

Ⅰ．①铲… Ⅱ．①高… Ⅲ．①长篇历史小说－中国－
当代 Ⅳ．①I247.5

中国版本图书馆CIP数据核字(2017)第174605号

铲平王传

作　者	高珍华	
责任编辑	李　鹏	
出版发行	现代出版社	
地　址	北京市安定门外安华里504号	
邮政编码	100011	
电　话	010-64267325　010-64245264（兼传真）	
网　址	www.1980xd.com	
电子邮箱	xiandai@vip.sina.com	
印　刷	北京一鑫印务有限责任公司	
开　本	710×1000　1/16	
印　张	8	
字　数	60千	
版　次	2017年7月第1版　2022年7月第2次印刷	
书　号	ISBN 978-7-5143-6278-7	
定　价	39.80元	

目录

CONTENTS

第一章　正气凛然　疾恶如仇

　　邓茂七，初名邓云，原籍江西建昌（今永修），生于明永乐初年。他是明代中叶最大的一次农民起义的发动者，被拥戴为起义军领袖，自号"铲平王"。他身材魁梧，威仪端方，一身正气，为人豪爽，常常是路见不平拔刀相助，除恶扬善。由于他从小练就一身武艺，尤其是剑术相当精湛，深得行家赞誉。后因在家乡杀死横行霸道的恶霸，被官府追捕，逃到福建省沙县投奔舅舅，借以藏身，给财主当长工。

明正统十二年（1447）初，浙江叶宗留率领叶希八、陈善恭等发动银矿工人 2 万多人起义，攻城略地，纵横闽、浙边境，朝廷震惊。当时朝廷掌握大权的司礼太监王振特派巡按御史柳华赴闽指挥"征剿"。鉴于叶宗留起义军行踪不定，四处出击，防不胜防，柳华便结合当时的实际情况，向朝廷上书倡建各乡村伍旅和小总甲制，在各乡镇修筑"隘门"，设立关卡，编民户为军伍，设置兵器，轮番守卫。那时乡镇称为都，每都选出一位总甲统领乡勇。因邓茂七人才出众，艺高胆大，又肯为众人讲公道话，因此被当地民众推为沙县二十四都总甲。

明正统十二年（1447）冬，邓茂七不堪忍受地主豪强的压迫与剥削，以总甲之名率众发动起义，占据沙县锣钹顶陈山寨为根据地，不久就发展到数万之众。同时与浙江叶宗留矿工起义相呼应，数月之内起义军队伍迅速扩大到十数万人，先后攻陷沙县、杉关、邵武、光泽、顺昌、浦城、建阳、长泰、永春、金门等 20 余座县城。邓茂七义军提出了"铲尽人间不平，让天下百姓过上富足生活"等口号，符合当时在明王朝统治阶级压迫剥削下处于水深火热之中的广大人民的心愿，因此得到人民的广泛支持和拥护。在邓茂七发动起义时，尤溪县的炉主（炼银的业主）蒋福成、清流县的义士蓝得隆等纷纷起兵响应，形成了一股强大的反抗势力，沉重地打击了朱明王朝的封建统治。明王朝惊恐万状，一面派大军"围剿"起义军，一面派人收买义军将领充当奸细，分裂破坏义军的团结战斗力量。明正统十四年（1449）二月，邓茂七受内奸罗汝先诱骗，不听众义军将领劝告，率兵再次攻打延平府。攻城时中了埋伏，邓茂七率军奋勇冲突血战，激战中不幸中箭身亡，年仅30余岁。

邓茂七少年时家境贫寒，父母没办法供他读书，把他送到附近一座道观中打杂。道长见他长得虎头虎脑，气宇不凡，便另眼相待，教他读书写字，练习武艺，因此他从小就熟读兵书，并练就了一身好功夫。

由于他家兄弟多，父母都是种田人，仅靠田里刨食不可能有多少钱财来源。贫困与苦难，就像驱不散的阴影一样，笼罩在少年邓云一家头上。他默默地忍受着艰难生活的煎熬，年轻的心灵中渐渐滋生起反抗的因子与仇恨的火种。但苦难的生活也练就了他坚强不屈的秉性，培养着他的奋斗不息的精神。

邓云和同村一位姓周的姑娘相敬相爱，两人青梅竹马，两小无猜，常常一道上山砍柴，一道下河捕鱼，在劳动中不断增进了友谊。两家同在一个村里，不论哪家有了什么困难，都互相帮助。周姑娘家生活也不富足，母亲过早地离开了人世，只有她与父亲相依为命，靠租种财主的几亩地过日子。遇到好年景，多打些粮食，还能将就着过下去。若遇到年景不好，除了交租外，粮食已所剩无几，就只好挖野菜拌杂粮充饥。

周姑娘18岁那年，邓云家上门来提亲了。按照"六礼"（即纳采、问名、纳吉、纳徵、请期、亲迎等六礼。后来这六礼简化为求婚、送果子、报日子、归亲四礼）风俗，邓家具送求婚礼物给周家，并具柬问女方的生辰八字。邓家请算命先生合"八字"，卜得男女双方年庚吉兆后，邓家备礼物送到周家，正式通知周家订下婚姻。眼看着月老就要牵上这一段美好姻缘了。

真是天有不测风云，人有旦夕祸福。正当邓家欢天喜地为邓云准备举行婚礼时，从周家经过的一个"花花太岁"、村中地霸见周父不在家，施暴于周姑娘。周姑娘痛不欲生，含泪上吊自尽了。邓云听到噩耗，如五雷轰顶，顿时觉得天旋地转，一下子呆住了。待他猛然清醒时，悲痛的泪水唰唰地流下脸颊，奔到心爱的周姑娘尸体旁，恸哭不止，全村人都默默地为周姑娘的不幸遭遇而悲痛。周父更是像遭了雷打一样瘫倒在地，昏死了一次又一次。

当天晚上，黑压压的乌云笼罩着山村，从周家传出的哀号在夜空中飘来飘去，令人一阵阵心忧。在"花花太岁"的"围龙屋"前，出现了一条人影，一闪身便跃上围墙。院里的大黑狗"汪汪"刚叫了两声，就闻到一股肉香，一口咬住一块猪肉，得意地啃起来。可没等它享受多久美味，只见它发出一阵阵"呜呜"的低鸣，不一会儿便四脚抽筋，口流鲜血，中毒死了。这时，围墙上那人跳下院来，轻手轻脚摸到"花花太岁"房前，只听屋里传出女子的浪笑声和酒杯的碰击声。原来"花花太岁"白天又从哪里找来一个烟花女子，正在调戏作乐。门外那人一脚踢开房门，猛冲进去，一把揪住"花花太岁"，说时迟，那时快，一柄利刃接连捅进他的身体，在胸部、腹部猛扎数刀。这时"花花太岁"因天天采花作乐，身体虚空，根本没有力量反抗，只几刀进去便一命呜呼了。原来刺杀"花花太岁"的人就是邓云，他知道杀了地霸就再也无法在建昌老家待下去了，便连夜逃走。临行前，母亲吩咐他投奔舅舅去，因舅舅远在福建省沙县的一个山村里，官府是不知道那地方的。

从此，邓云含着无比悲痛的心情，漂泊异地他乡，再也不能回家去看望父母亲和亲人了。他一路奔逃，尽拣山高林密的小路走，渴了，掬山泉喝；饿了，采野果子充饥。晚上就睡破庙、破牛棚。走了足足有半个月时间，到达福建省宁化县，遇上一帮侠义心肠的朋友，便在宁化暂时落脚，做起贩卖土特产品的生意。后因当地土豪恶霸欺行霸市，做小买卖的生意人屡遭欺凌，邓茂七（到宁化后，邓云才改名茂七）爱打抱不平，常与地霸据理力争，为众生意人撑腰，被大家公推为商会会长，率众与地霸对抗。地霸便串通县衙，以邓茂七常聚众集会，有图谋不轨之嫌，出票抓拿他问罪。邓茂七只好又匆匆逃离宁化，一路上风餐露宿，历尽艰辛，走了七八天路程，才到了沙县二十四都，找到了舅父。

舅父爱怜地看着这个风尘仆仆地远来投亲的外甥，听着他哭诉家中的不幸，长叹了一阵，安顿他住下来。但舅父也是穷苦人，日子过得紧巴巴的，看外甥长得粗壮，就介绍到黄竹坑大财主黄十万家当长工。这财主因富甲一方，家资万贯，当地人称他黄十万，他也觉得这绰号挺显富的，乐得让人这么叫，于是他的真名却渐渐被人遗忘了。

邓茂七当然知道舅父的难处，也乐意找一个自谋生路的活儿，便天天给财主家放鸭子。

舅父倒是识字的人，也喜欢收集各类古书籍，虽然家境贫寒，买不起印制精美的好书，但家中也很有一些藏书。邓茂七每天晚上回到舅父家，就一门心思钻进那些古书堆中。这些古书不看则已，一看他就放不下手，完全被迷住了。这些书有《东周列国志》《春秋左传》和孙子布阵的兵法等，使邓茂七获得了巨大的思想启迪。他想到自己的遭遇，想到世上有那么多受苦受难的贫穷百姓，而有钱有势的财主只是少数人，广大穷人却斗不过他们。杀死一个恶霸，自己就得流亡他乡，这日子如何熬得出头呢？因此，他想到要让天下百姓都不受财主恶霸的欺凌，过上富足安康的日子，就要打倒恶霸老财，把田分给老百姓，让家家户户都有地种，不要向财主交租。可是，这样大的事业并不是一二个人就能办到的呀！需要千千万万人共同起来反抗统治阶级的残酷压迫，才能夺取反抗斗争的胜利。那么，要做这么大的事业，首先应具备怎样的条件呢？他想到首先要有指挥千军万马的领导才能，可这才能要从哪里去学呢？对，先熟读兵书，学会行军打仗的战略战术。

于是，他开始专拣各种有关行军布阵的书来看，可光看书没有实践的机会，学来的战略战术也是白搭。他灵机一动，自己天天不是与鸭子为伍吗？那千百只鸭子不就是千军万马吗？对，以训练鸭子来锻炼自己所学到的兵法战术。

往常，看鸭子时都要带着一根又长又细的竹竿，以便赶鸭子时方便指挥。邓茂七就想出办法，在长竹竿尾巴系上一块布，好像一面旗子一样。他赶着鸭子来到田野里，自己站在田埂上，挥动着鸭竿，只见鸭竿往左边挥，群鸭就"呼啦啦"地往左边跑；鸭竿往右边挥，群鸭就"扑腾腾"地往右边进。上千只鸭子规规矩矩，好像有灵性一样听他的指挥，进的进，退的退，就如古战场上那些将士，听见战鼓擂、旌旗展，组成各种各样的阵势冲锋陷阵似的，把个邓茂七乐得开了怀。

邓茂七把自己从兵书上学到的战略战术一套套运用到指挥鸭子上，鸭子就成了他的"千军万马"，操练起兵法来得心应手。邓茂七可高兴了，心想：我连鸭子都指挥得动，带兵打仗就不成问题了。因为穷人们要造反，要与地主老财斗，就得抱成一团儿，拿起武器武装自己。要有穷人自己的武装，就得有人领兵打仗，就要懂得兵法，才能战胜敌人，取得"造反"的胜利。

此后，他更加认真操练"鸭子阵"。说来奇怪，那些鸭子也越来越有灵性了，遇到狐狸想来叼鸭子，群鸭会一边扑打着翅膀，一边"嘎嘎嘎"地叫着，一齐向狐狸冲去，吓得狐狸灰溜溜地夹着尾巴跑了。因此别人放的鸭子时常被老鹰或狐狸叼去做美餐，而邓茂七放的鸭子从来不会丢失一只。以后人们都学邓茂七的办法，在竹竿顶端系上一块布来赶鸭群，这种办法一直沿袭至今。

由于邓茂七武艺高强，为人正直，因此当巡按御史柳华倡建乡村伍旅时，平日里都敬服他的乡亲们，就公推他出任总甲之职。邓茂七心中暗暗高兴，真是天助我也，自己正愁没有兵力，朝廷就把兵力交给自己了，这不是天意吗？于是他不负当地父老乡亲的厚望，积极地操练民兵，把二十四都的这支民兵队伍操练成英勇善战的劲旅，为日后起义做准备。而表面上看他似乎非常忠于职守，为朝廷操练兵马倾尽心血，得到上司的好评。

设立乡村民战伍旅这种半军事组织并不是柳华的发明，早在明洪武初年（1368）就有这种建制，当时沙县是由民兵万户府统辖。柳华只是在这种基础上加以发挥创造，倡建乡村伍旅的。谁知聪明反被聪明误，因为邓茂七利用这种民战半军事组织发动起义，朝廷却迁怒于柳华，邓茂七起义失败后，柳华被斩首，乡村伍旅及小总甲均取消，当然这是后话了。

邓茂七来到二十四都后，结识了几位好朋友，后来有3人与他结拜为异姓兄弟。这3人就是举义时的得力助手、义军将领——足智多谋的军师黄宗富、勇猛如虎的战将张留孙（任沙县二十三都总甲长）和练就一手飞弹绝技的大将陈敬德（任沙县中村小甲长）。还有不让须眉的巾帼英豪、邓茂七的亲妹子邓彩云。邓彩云原先是出嫁在江西建昌府附近农村，可是灾祸从天而降，成亲没多久，夫君便得病死了。她只好回到娘家，与兄嫂一起过日子。邓茂七杀死恶霸逃走后，恶霸家人扬言对邓家要斩草除根，彩云只好带着早已去世的大哥留下的独苗邓伯孙，投奔逃到沙县的哥哥邓茂七处。

他们几个都是侠肝义胆、志趣相投的朋友，经常在一起喝酒时，就是抨击腐败黑暗的时政，谈论救民于苦难的历代草莽英雄，特别是梁山泊好汉聚义的故事，更使他们神往。

这时节正是宦官弄权、奸臣当道的黑暗时代，英宗皇帝朱祁镇是个只懂淫乐之流的人，经常不理朝政，朝中大权都落在国师、当朝六宫宦官的总头目——司礼太监王振手中。这王振别的本事没有，但卖官鬻爵、敲诈勒索的功夫却是顶尖儿的。俗话说，近朱者赤，近墨者黑，他手下的一帮官僚也都跟吸血鬼似的，贪得无厌，任意吮吸民脂民膏，害得天下百姓苦不堪言。

上梁不正下梁歪，地方豪强也就更加肆无忌惮地盘剥人民，除了官府多如牛毛的苛捐杂税外，地主老财们又会巧立名目向民众摊派各种岁贡之物。比如当时沙县就有一种不成条文的规矩，租财主地种的佃户，每逢过年时节，除了按规定交清田租外，另外还要给财主家送鸡、鸭等礼物，俗称"冬牲"。佃户们已经被所交的苛捐杂税和田租压得喘不过气来了，又要交"冬牲"礼物，少说也得花几两银子吧？这不是明摆着要断了佃户们的炊烟吗？尤其是明正统十二年的"冬牲"，沙县各都的地主老财说是奉了上司的旨意，要佃户加倍交"冬牲"。二十四都黄竹坑的地主黄十万更是缺德，除了勒索双倍"冬牲"外，还要佃户按租种的田地每两亩再交一只鸭子。这一冬年景不好，禾米大面积欠收，佃户们将所收的禾米交租外，家里已所剩无几了。眼看年关就到了，家家户户正为无法过好年而发愁呢，哪里还有办法送"冬牲"。但黄十万派出催讨"冬牲"的家丁狗腿子如狼似虎，"冬牲"交迟了就动手打人，敢顶撞的就抓进黄府大院关押，加倍索取保金。张留孙的老母就是因交不起租谷而惨遭黄家狗腿子踢死的。

佃户们实在忍受不了，他们想起了敢于仗义执言的邓茂七，便纷纷向他诉苦，请他想想办法。

这时，邓茂七虽然已经升任总甲长，不必再给地主老财放鸭子当长工了，但他还是时常想念着那些穷苦百姓，乐意为他们出力。他听佃户们的一番诉苦，义愤填膺，"嚯"的一声从竹椅上站起来，将手臂一挥，朗声道："今年咱们佃户联合起来，都不要给财主送'冬牲'！"大家齐声叫好，谁个不想废除这种不合理的规矩。接着，邓茂七又提出改革由佃户送租谷到田主家去的旧例，改由田主上门来收租谷，自备脚力挑回去。佃户们更是拍手称快，因为沙县一带山高路远，人烟稀少，有些佃户租种的田地离田主家数十里远，每年送租谷时，佃户们都不免要发愁，一是没有强劳力，多数人年老体弱挑不动；二是即使雇人送租谷，不但要央人情，还得花费银两，佃户们根本负担不起。所以佃户们都是你帮我、我帮你，互相帮忙着送租谷。如今这一改，为佃户减轻了不少负担，佃户们当然深表欢迎了。

但是，邓茂七这么一改旧例，那些田主的利益可就受到损害了。尤其是黄十万，他是二十四都最大的财主，整个都的田地几乎都是他的。每年一到冬天租谷入库的时节，黄府大院整天人来人往，真有说不尽的风光。可今年被邓茂七率众改革了旧例，人们都不来送"冬牲"、交租谷了，黄府一下变成冷冷清清的了。

黄十万气得暴跳如雷，他立即写了封信向沙县县衙控告邓茂七的反叛行径，罗列他大逆不道、损害地主阶级利益的各种罪名。

沙县的县太爷聂有智与黄十万素有来往，自然是与他一鼻孔通气，维护地主老财的利益，便派出两名捕快赶到二十四都拘拿邓茂七。

邓茂七在提出改革旧例时，就预料到地主老财们肯定不会轻易罢休的，因此早做好了准备。当捕快来到二十四都时，先由乡亲们出面应付周旋，他们哪里肯让捕快抓走邓茂七。大家又是诉苦又是恐吓，软硬兼施，把两个捕快撵走了。

黄十万气恼万分，难道连你一个当过我家长工的邓茂七还治不了，那我黄十万称得上二十四都的头面人物吗？这次如不治住邓茂七，以后那些佃户该怎么管？于是他亲自出马，坐着大轿摇摇晃晃赶到县里去搬兵。他先给县太爷送上一份厚礼，孔方兄就产生了莫大的威力，县太爷满脸堆笑，马上命巡检刘宏彪带领 30 名弓兵，再次去黄竹坑抓拿邓茂七归案。

这回可不比上回来两个捕快好应付了。来了个巡检，又率领 30 名弓兵，再也敷衍不过去了。怎么办？

乡亲们都知道邓茂七是为大家而涉风险的，决不能让官兵把他拘拿去。大家聚集到村头关帝庙里商量对策，张留孙主张与官兵拼了。他一想起老姆的惨死就怒火中烧。但这时候提起"造反"两字，大家还是讳莫如深。但事到如今，已无路可走了，只有横下一条心与官府和地主老财斗了。

大家都看着邓茂七，希望他拿出主意来。邓茂七紧拧着双眉，脸色坚毅，他已下定决心，要铲除世间不平，今天看来是时候了。他与黄宗富商量了一下，才对众人如此这般地交代了一番，大家跃跃欲试。

这天晚上，北风呼啸，天寒地冻，黄十万因从县衙里请来了弓兵，明日就可以将胆敢抗交租例的邓茂七治理了，所以心里很得意，晚上便多喝了几杯酒，才一更天就躲进被窝里抱着小老婆睡觉了。

半夜时分，黄十万突然被大院外的一阵阵喊杀声惊醒。守夜的家丁连滚带爬地跑进来报告，说是外面有无数乡勇将黄府包围了，正用大木头撞门。

黄十万犹如从暖被窝中一下子让人丢进冰窖里，傍晚的那股兴奋劲全没有了，只吓得浑身筛糠似的发抖。他慌忙抓了一件呢大衣披上，由两个家丁搀扶着，登上围墙角的小阁楼一看，哎呀，不得了啦！大院四周被火把照耀得亮堂堂的，黑压压的一大片人群围着黄府，喊杀声就像滚滚雷声。

原来，这黄家大院四周筑有高大的围墙，院内盖有100多间房子，非常宽敞，是典型的客家"围龙屋"，即土堡。邓茂七与黄宗富知道明日官府的兵马就要来了，这一带没有高大的建筑物可以屯兵坚守，唯有黄家大院是最理想的据点。况且，他们反抗官府都是由黄十万一手造成的，先取了他家大院安顿起义军和当地老百姓，再合适不过了。于是，便订下夜袭黄府的计策，率领二十四都全部乡勇和当地百姓数百人，将黄府团团围住。

黄十万一瞧外面的阵势，吓黄了脸，急忙命令家丁抬来几根大木头顶住大门，又将所有的枪支集中到前院来，准备对付撞门的乡勇。前面刚布置好，想不到邓茂七早派了内应之人，趁前院闹哄哄、黄十万集中兵力防御的时候，悄悄里应外合，攻下了后门。待黄十万醒悟，为时已晚，由熟悉黄家地形的张留孙带领几十位乡勇，配合内应林仔德等人，已冲进后院，经过一番激烈的战斗，黄家几十个家丁死的死，降的降，黄十万也被复仇怒火燃烧着的张留孙一铁棍打破脑袋，见阎王爷去了。

邓茂七攻下黄家大院后，将黄竹坑的乡亲们都接进黄府居住。他知道官府的人如虎狼，比土匪还要凶狠。明日来黄竹坑抓不到人，说不准就会滥杀无辜去冒功领赏。听说"征剿"浙江叶宗留矿工起义军时，官兵就乱杀了不少老百姓，割下人头邀功请赏。幸好黄家大院粮食堆积如山，够数百人吃上几年。黄府里房舍又很宽敞，黄竹坑全村人都住在里面还绰绰有余。

邓茂七安顿好乡亲们后，又从从容容地布置防御。一切都准备就署后，第二天下午日头西斜时分，才见刘宏彪大摇大摆地领兵来到。原来，这伙官兵搜括勒索惯了，从沙县出发，沿途向各都勒索钱财，又抓鸡宰狗要犒劳，一路闹得神惊鬼泣，因此才姗姗来迟。

刘宏彪到了黄家大院门前，见大门紧闭，心中疑惑，不是说好官兵来时，由黄十万接待吗？这会儿大财主各啬鬼，竟敢不开门迎接。而且奇怪得很，黄竹坑家家闭门，户户息声，全村寂静得没一点声息。出鬼啦？他只好率领弓兵朝黄家大院喊话："黄员外开门，黄员外赶快开门迎接官兵！"接连喊了许久，都不见动静。

刘宏彪光火了，令人撞门，大门被撞得震天响时，才见围墙上露出几个人影来，为首的一位身材高大，宽脸大眼，一部腮帮胡须更显示出他的威风。那不是邓茂七吗？当时，各都总甲常要向县衙民兵万户府汇报伍旅情况，刘宏彪身为巡检，早就认识邓茂七。

刘宏彪一见，大声喝问道："邓茂七，你敢造反吗？"邓茂七也朗声应道："官逼民反，民不得不反。官府的苛捐杂税多如牛毛，地主老财又层层剥削，叫老百姓难以生活下去，我们已没有活路了呀！如今我们只是改了一些旧例，并没有抗租抗税，你们就这样兴兵问罪，能不叫人不寒心、不反抗吗？"刘巡检还是气势汹汹地逼邓茂七就范，要抓拿他回县衙问罪。

邓茂七毫不理睬，先义正辞严地历数了一番黄十万欺压百姓的滔天罪行，然后说明这次行动是不得已而为之的，如今已取下黄府做落脚点。刘宏彪知道邓茂七造反之势已定，无法挽回，立即下令进攻。但黄家大院的大门坚实无比，弓兵砍得双手发麻，门上只留下一些斑痕。他又令人搬来柴禾，准备火烧黄府。

足智多谋的黄宗富发挥攻心优势，劝刘巡检不要轻举妄动：乡勇有数百之众，对付 30 个弓兵易如反掌。况且年关已到，弓兵家里亲人都盼着他们回家过团圆年。要是与乡勇动起手来，30 名弓兵连同巡检都将成为刀下之鬼，何苦代人受过？黄十万鱼肉百姓，恶贯满盈，死有余辜，我们杀了黄十万，抄了他的不义之财，正是替天行道！这么一挑明利害关系，弓兵们也胆怯了，纷纷向刘宏彪巡检建议说："好汉不吃眼前亏，他们人多势众，咱们还是先回县衙再做打算吧！"刘宏彪也知道邓茂七武艺高强，兵力又悬殊太大，硬拼很难取胜。而且士兵们一天都没吃饭了，也没有力气打仗，于是垂头丧气地带着弓兵撤退了。

官兵虽然暂时退了，但邓茂七并没有高枕无忧，他知道情势已一发而不可收，官府也绝不会善罢甘休的。他一边派出几位精明能干之人，往城里刺探军情，一边积极做好战斗准备，筹划正式起义的事宜。

不知是刘巡检回城后隐瞒了军情，还是因年关临近，县衙里腾不出人手来处理此事，反正好几天过去了，衙门里无声无息的，就像什么事也没有发生似的。

趁此短暂的宁静时光，邓茂七与黄宗富认真地筹划起义的大事。他们深知当时民众都有一种迷信思想，只要知道哪位是真主，将来会成为皇帝，就一定会忠心拥护他，与他出生入死，一道打天下。这种无形的力量是相当大的，也是历代帝王赢得天下的一项秘诀。当年陈胜、吴广起兵时，也是利用人民的这种思想，登高一呼，万众响应。因此，他暗中派心腹之人做了必要的准备工作，找到一株空心的大树，人躲在树腹中，用细丝系住两只鸟儿的脚。一切准备妥当后，天近擦黑时他就领着一帮愿意参加造反的民众，来到这株大树附近商议起义的事。

当大家走到离大树不远的地方时，忽听空中有鸟儿轻声叫道:"邓茂七为王,邓茂七为王!"众人停住脚步,四处查看,周围没有一个人影儿。正疑惑间,刚才那小鸟的声音又响起来:"邓茂七为王,邓茂七为王!"这回大家看清楚了,那声音是从那株大树上停留的两只鸟儿嘴里发出来的。只见那两只小鸟又朝着邓茂七点了点头,再次叫道:"邓茂七为王,邓茂七为王!"然后向空中飞去了。

众乡亲平日里受尽了官府和地主老财的欺压,早恨透了这个不平的世道,巴不得有人带头领着他们起来造反。今见小鸟口出吉利之言,纷纷劝邓茂七说:"邓大哥,今天小鸟都透露了天机,可见这是天意,你合该有当大王当皇帝的命,我们愿意跟你一道起反。"

邓茂七见大家心齐了,便说:"若是天意,我就用这只喝茶的瓷碗当圣筶,若是瓷碗丢在我脚下这块大石头上不碎不裂,就是老天爷真的要我当皇帝了。"于是嘴里念念有词:"老天爷在上,我邓茂七若真的有当皇帝的命,瓷碗丢在大石头上,碗不破大石裂。"说罢,将手中的瓷碗高高抛起,待碗落到他脚下的大石头时,双脚暗使"千斤坠"神功往下一顿,只听"叭"的一声响,他脚下的大石头裂成两片,而那只碗却还好端端的。

众人更加相信他有当皇帝的命，于是铁了心跟他一道"起反"。

邓茂七选择沙县最高的一座山峰作为起义军的根据地，这座山就叫作锣钹顶，海拔1537米，位于沙县大洛乡西部28华里处。这里山高路险，易守难攻，真有"一夫当关，万夫莫开"的气势。他派人上山盖起一大片草棚作为营寨，又在营寨周围垒起围墙，取寨名为"陈山寨"。并在山下到大寨之间的各个险要关隘处设立了3条防线。

真是吉人自有天相，邓茂七正在准备起义，老天爷也来相助了，这一年春节下起了罕见的大雪，冰封雪冻，将高耸云天的锣钹山打扮成银装素裹，通往山上的道路全结了冰，官兵就是想来进攻也无法上山，让邓茂七和他的弟兄们有了充分的准备，也在山上过了一个安安稳稳的大年。但大家心中都明白，平静只是暂时的，一场疾风骤雨就要荡涤着这里的山山水水，整个世界马上就会风起云涌，惊雷撼地。等待他们的，将是一种怎样的命运呢！

第二章　揭竿起义　震惊八闽

　　转眼间年关过去了，到了明正统十三年（1448）元宵节。因邓茂七拒捕，刘宏彪巡检无功而退，为了面子，他故意在沙县知县聂有智面前绘声绘色地将邓茂七一伙人说得如凶神恶煞一般，杀了黄十万和他的家丁，占领黄家田庄，十足的江洋大盗，弓兵根本不是他们的对手云云。聂有智老爷气急败坏，但年关来临，他是一县之主，各方豪绅来给他拜年、送礼物的数不胜数，后衙整天车水马龙，每逢年关穷人叫作"鬼门关"，而他们这些官僚却是"发财关"。故此接待、应酬的事太多，没有精力去对付邓茂七，反正被杀被抢的是他黄员外，损失的并不是自己，此事只好缓一缓再说。因此，邓茂七他们也在陈山寨上过了一个平安的年关。

但元宵刚过，县太爷又想起这件气恼的事，立即夸大其词地向延平府告急。延平府不敢隐瞒军情，又火急申报上省宪。福建巡按御史柴文显接到详文后，立即批回延平府，勒令就地"剿办"。如此文件上批文下，又拖延了多日，所以到了正月底，延平府才接到批示。知府王彪不敢怠慢，即请延平卫都指挥侯本商议"征剿"邓茂七的进军事宜。

侯本是个鬼灵精，他怕抽出兵力往沙县"征剿"邓茂七，延平府的守备力量就大大削弱了，万一邓茂七分兵偷袭，丢了府治可是他这都指挥的杀头之罪呀！因此，他决定不调延平卫的兵力，而调将乐千户所的千户兰云率领300名弓兵来沙县镇压邓茂七的农民起义军。

探马早已将情况报上陈山寨，邓茂七急忙与二十二都总甲、他的肝胆朋友阎诗荣联系，请他带100名乡勇前来支援，共同抵御官兵。

足智多谋的黄宗富想出一条计策，请邓茂七布下一个"布袋阵"，诱敌深入，拖疲拖垮敌军，然后聚而歼之。邓茂七欣然接受，率领二十二、二十三都和本都乡勇共 400 余人，在离黄竹坑 10 里外的山沟中布下迷阵，以逸待劳，专等官兵前来送死。

千户兰云从将乐出发，先到沙县县衙，打了牙祭，又勒索了许多银两才肯动身前往黄竹坑。沙县知县聂有智唯命是从，他哪敢不给好处，官兵是他请来的，请神容易送神难哪！兰云率 300 名弓兵慢慢往二十四都进发，沿途每到一都，不是勒索钱财，就是抓鸡摸狗，大吃大喝。但越往里走，越是偏僻荒凉，当然也就越勒索不到钱财。这些官兵从来都是白吃白喝惯了，到这山野荒僻之处，捞不到好处，满肚子怨气，行进的速度就放慢了下来。

千户兰云当然清楚手下这些兵士的心思，便给大家打气："我们快点走，赶到黄竹坑去发财。邓茂七抢了大财主黄十万的全部家财，金银珠宝多得用麻袋装。只要剿灭了邓茂七，那些财宝凭你们挑。走哇！"

他这么一咋呼，弓兵们果然精神大振，行军速度快了许多，渐渐看得到高耸云天的锣钹顶，隐隐约约还能看清陈山寨上飘扬的旗帜。

忽然，前面树林中一声锣响，几十个乡勇拥出一位威风凛凛的头领来，挡住了官兵的去路。

千户兰云一看，就知道遇上邓茂七的队伍了，大喝一声："何人如此大胆，敢阻挡官兵的道路？"

那首领哈哈大笑道："千户大人，邓茂七在此恭候多时矣。"

兰云一听，此人正是今天要抓之人，狂笑着说："来得正好，真是天堂有路你不走，地狱无门偏要来，这就省得我到处找你了。"接着，他大喝一声，"邓茂七听着，你竟敢屡次抗拒官兵，为首起反，犯了灭九族之罪。如今天兵已到，还不快快投降！"

邓茂七也是一声冷笑，道："我等只是严惩了作恶多端的黄十万，想不到官府就三番五次与茂七为难，逼得我等不得不起兵自卫。这叫作官逼民反，民不得不反。千户大人，我看你还是早早回将乐去，免得在此做刀下之鬼。"

兰云骄横成性，哪里瞧得起邓茂七和几十个乡勇，听邓茂七一席话后，暴跳如雷，挺着长枪直刺过来。邓茂七挥起朴刀徒步迎战，乡勇也与官兵打成一团。

斗了几十个回合，邓茂七故意装作力怯，一声呼哨，往后便走。众乡勇也纷纷钻进树林中跑了。

千户兰云哈哈大笑，对众弓兵说："快追，邓茂七没多大能耐，待抓到他后，有的是金银财宝。追呀！"

兰云一路赶来，可是山路越来越难走，官兵们又是长途跋涉，早累得像狗熊一样。当他们放慢速度，邓茂七一伙也放慢速度，像影子一样在他们前面不远晃着，就是追不上，气得兰云"哇哇"大叫。

看到山路艰险，树林茂密，有个老兵疑虑着说："千户大人，前面会不会有埋伏？"兰云也正怀疑有伏兵，不敢贸然追赶，就停下马来，左右观察。

忽见一个五短身材的青年从树林中探出头来，高声叫道："千户大人，我陈敬德送你一份见面礼。"话音刚落，一星亮点疾飞而至。兰云急忙闪避，终究来不及，"唉哟"一声，一只耳朵被飞弹撕裂成两片，鲜血直流。

兰云更是气得浑身发抖，拼命催马赶向前去，可怜那些弓兵只好又跌又爬地跟着他，一个个衣服被荆棘刮破了，浑身跌得青肿不堪，就像一群叫花子。

这时，官兵已处身在一个狭小的山谷中，处境险恶，施展不开手脚，只有挨打的份儿。兰云一看地形不妙，急叫退兵，但为时已晚，只见山坡上邓茂七亲自放起号炮，一声惊天动地的炮声响起之后，鸟铳、火箭纷纷射入官兵队伍中，大大小小的石块从两边山梁上骨碌碌地砸下来。山路狭隘，两旁又都是易燃的草木，一着火便"呼啦啦"地烧起来。火势越来越大，烧得官兵们喊爹叫娘，四处逃窜。但前后通道都被起义军堵住了，进退无路，两旁又是熊熊燃烧的大火，土铳的铁砂仔又铺天盖地射下来，跑无处跑，躲也无处躲。没多久，300名官兵只剩下十几个残败之士跟随千户兰云逃回将乐去，其余的全部被消灭了。

打完这一仗，邓茂七心中有了底，官兵也只会狐假虎威，欺压老百姓，并不是什么不可战胜的朝廷精锐。只要穷苦百姓团结一心，共同对敌，铲尽天下不平，杀尽贪官污吏，让老百姓过上好日子，完全是可以做得到的。

邓茂七派出得力人手四处活动，联络各地总甲，开始做好正式起义的各项准备工作。这一段时间，邓茂七没有好好玩一天，没有痛痛快快地喝上一顿酒，他整天忙碌着筹备军务，接待各方参加起义的首领，商议各种起义后的大政方针。

早春二月的闽西北山区还是春寒料峭，但在千米高山上的陈山寨，却是一派热气腾腾的动人景象。准备参加起义的各路人马的首领都云集在这里商讨起义大事。这里边有邓茂七率领的二十四都乡勇，有联络到的二十二、二十三都以及四都、五都的弟兄们。此时，聚集在陈山寨参加举义的大约有 2000 人马，群情振奋，斗志昂扬，大有不杀尽天下不平誓不休的气概。

这年正是明正统十三年（1448）二月初五日，阳光明媚，山花灿烂，天气温暖。邓茂七在陈山寨召集黄宗富、张留孙、陈敬德、杨诗荣、李明、侄儿邓伯孙，以及有勇有谋的妹妹邓彩云等人，共同盟誓造反。

大寨前的草坪上，悬挂着一幅关帝爷神像，像前摆着一张八仙桌，上供三牲、果品、酒等物。时辰已到，邓茂七吩咐各路首领齐集八仙桌前，三通锣鼓响过之后，众人拈香拜关帝爷。礼拜已毕，邓茂七便请黄宗富宣读盟誓书。

黄宗富拿起压在桌上祭神的盟誓书，朗声念道：

盟誓书

当今大明王朝，奸贼当道，鬼魅专权，强梁横征，豪绅暴敛，天下百姓受尽压榨勒索，生灵涂炭，民不聊生。吾人举义，吊民伐罪，救民于水火，解民于倒悬。进京诛王振，攻省捉宋彰。杀尽贪官，铲除不平。望人人奋起，万众一心。推翻贪污官府，创立清廉政权。废除苛捐杂税，救黎民于苦难之中。祈求苍天护佑，起义救民成功。现特对神盟誓：愿齐心协力，同生同死，患难与共，绝无异心。

此誓

正统十三年二月初五

黄宗富念罢，众首领与参加造反的民众齐声高呼："愿齐心协力，同生同死，患难与共，绝无异心！"

邓茂七命人牵来一匹白马，刺喉出血，将白马血掺入几罐米酒中，所有人都舀起一小碗血酒，高举过头，随着邓茂七朗声念道："愿齐心协力，同生同死，患难与共，绝无异心。"然后大家一仰头，喝下血酒。一时群情振奋，慷慨激昂，陈山寨以及锣钹顶似乎也被他们的情绪感染了，到处鲜花怒放，枯枝爆出新芽，一派万象更新、生机盎然的景象。

邓茂七对众人说道："诸位兄弟，咱们都是受苦受难之人，为了铲除天下不平，为穷苦百姓争取自由幸福，共同举义。所以，首先我们要团结一心，才有强大的战斗力量；其次，我们要打出旗号，才能得到广大民众的支持。我决定：起义军提出的口号，第一条是：杀尽奸臣豪强，铲尽人间不平；第二条是：减租减息，均粮济困，让天下百姓过上富足的生活。"话音刚落，众将领纷纷鼓起掌来，大声叫好。

邓茂七停了一下，又提高嗓门说道："俺们要名正言顺地造反，要打出旗号，那么应是什么旗号呢？"

众人高呼："铲尽天下不平，邓大哥您就称'铲平王'！"

邓茂七点了点头，高兴地说："好，好！承蒙兄弟们美意，我就顺民心、合天意，自号'铲平王'，封军师黄宗富为尚书；张留孙、陈敬德、阎诗荣、邓伯孙为都督；李明、林仔德等诸将为都指挥，明日正式祭刀宣告起义。"众将欢呼起来，齐呼"大王万岁万万岁！"

邓茂七为什么要选择二月初五这一天做起义的日期呢？原来，在沙县一带，四乡八邻到处都有太保公的庙宇，二月初二这一天，正是太保公的生日。相传太保公是一位驱邪镇恶、舍己救人的伟大人物，他本来是沙县城关一位正直勇敢、疾恶如仇的青年，以卖豆腐为生。有一天黎明，他到河边挑水，发现有五个恶鬼正在商量如何将"瘟疫散"撒得范围更大一些，使民间发生更多瘟疫。正当恶鬼即将向虬江撒下"瘟疫散"的紧急关头，豆腐郎猛然冲上前去，夺过"瘟疫散"就跑。五个恶鬼疯狂追赶，抓住了他，要夺回"瘟疫散"。无奈中他果断地将"瘟疫散"吞下肚，全身立即变成可怕的黑色。待乡亲们赶来救他时，已来不及，他只将事情的经过断断续续讲一遍，便含笑死了。人们为了纪念这位英雄，为他建造庙宇，塑了金身，尊为太保公，每年二月初二他的生日时还用米浆拌艾叶做成米果为他祭祀。据说人们吃了这种米果，能驱邪祛病，保佑全家平安。

邓茂七正是向这位有胆有识的英雄神灵学习，要像他那样，以手中的双剑驱邪镇恶，铲除天下不平，为老百姓过上平安富足的生活而战斗不息。所以他选择了二月初五日，即太保公生日过后三天举义，也含有一种特别的意义。

起义的各项工作都按部署有条不紊地进行着。按照古例，起义时都要祭刀，这是很重要的一环。因为祭刀的成功与否，是关系到起义军生死存亡的大事，因此，黄宗富军师就派最可靠的部将都指挥李明持宝刀往分水峡祭刀，然后就可以发兵攻打沙县城和其他各座城池了。

这分水峡位于沙县大洛西北5公里的宝山村，海拔640米，是一座非常险峻的山峰。而且，这里又是大田县、尤溪县通往沙县的必经之路，是历来兵家必争之地，有重要的军事战略意义。分水峡的要冲之处有一家客店，店门口不远处耸立着一棵七枝八叉的老松树，树的附近还有一片苎麻，长得分外茂盛。

都指挥李明率兵来到分水峡，仔细观察了地形，暗暗赞叹军师黄宗富有战略眼光，选择这里作为祭刀的地点，真是再好不过了。守住了分水峡，就等于护住了陈山寨的大门。他知道邓茂七大王和黄军师将如此重要的任务交给他，是对他的信任。黄宗富军师在他临行时还一再交代说："今日祭刀，非同小可，是关系到起义军命运的大事。你一定要记住，一见母猪上树，立即动刀，万万不可迟疑延缓，以免失去良辰。"但有一点他百思不得其解，军师的话好生奇怪，自己长这么大，都没听说母猪会上树。反正到时见机行事就是了。

李明来到分水峡老半天了，把店家的茶水给喝了几壶，眼睛一直不敢离开大路，却没见到什么动静。他手中执着白晃晃、亮闪闪的宝刀，毕恭毕敬，端坐着不敢四处乱走动，神态非常虔诚。

上午过去了，没有异常现象出现。太阳偏西了，眼看就要落下山去了，别说没有看到母猪上树，大路上就连一头猪影子也未曾见到。李明有点泄气了，觉得今天恐怕等不到祭刀的良机了，便走进客店，要了一壶酒，几盘沙县风味小吃，坐在角落上闷头吃喝起来。

这时，走进来一位老丈，店家忙上前招呼："您老人家到哪个朋友家去，这么迟了才回家？"

那老丈答道："不是走朋友家，到街上买了头小母猪，半路上又遇到一位多年不见的表亲，一闲谈起来就没个完，才拖到这时分。"

店家瞧了他一眼，问："您两手空空，母猪放哪去了？"

老丈向店外指了指，说道："瞧，不在那树上挂着吗？"

李明原先没在意他们的对话，这时也顺着老人家的手势往外一看，果见那头小母猪被装在一个猪笼里，挂在老松树的一个枝叉上。他脑子一激灵，猛然醒悟：这不就是母猪上树吗？好哇，良机终于来临了。他一脚踢翻凳子，举着明晃晃的宝刀迫近老丈，说道："老人家，请别怨我，今日撞在我的刀下，只能算你倒霉。"

原来，古时候所谓祭刀，就是要让刀沾上人血，才能讨个吉利，出师才会大捷。

那老丈顿时吓得战战兢兢，哆嗦着说："壮士，小老儿同你近日无冤，往日无仇，你为何要杀我？"

李明说："好，让你死个明白，实话对你说吧，我是铲平王邓茂七的部将，今日特奉命来此地祭刀。"

谁知那老头子一听，却乐呵呵地笑起来，说："原来如此，那你就差点杀错人了，老汉正是邓茂七的舅舅。他当年在江西杀了人，逃到沙县来投亲，就是老汉抚养他成长的。若无当时我的抚养教育，他哪能当大王啊！"

李明开始不信，叫来店主盘问，店主证实了那老丈

确是邓茂七大王的亲舅舅。李明一听暗暗叫苦不迭，高
高举起的宝刀"哐啷"一声掉在地上。真是进退两难，
不动刀子吧，军令难违，况且这良机是与整个起义事业
有关联的；动手杀老丈吧，他又是大王的亲舅舅。怎么
办呢？

李明左思右想，忽然记起军师说的话："一见母猪
上树，立即动刀子。"他心头一亮，对，动刀，只要动
刀，不就行了吗？沾不沾人血大概没多大关系吧！于
是，他放走了老丈，然后挥刀将客店前的那片苎麻劈个
精光。

按照传统惯例，祭刀时应皇帝老子都不认，遇到谁
就杀谁，让宝刀见血，才能讨个吉利。但分水峡祭刀
时，李明放走了邓茂七的舅舅，只砍了苎麻，宝刀没见
血，沾不到灵气，因此民间传说，邓茂七当不成皇帝，
只做了一年"草头王"后起义便告失败，就是因为砍了
草木所致，与祭刀有相当大的关系。

分水峡祭刀后，当晚邓茂七又在陈山寨摆开祭礼，
向天地神灵祭奠一番后，开始发兵攻打沙县城。

沙县城是一座易守难攻的城池，一条宽阔的虬江傍
城而过，水急浪大，要抢渡是相当困难的。因而自古就

有"金沙县、铁邵武、铜延平"的说法。当然"金沙县"主要是指这里的富庶，并不是指它固若金汤，但沙县的战略位置还是非常重要的。它位于闽中腹地，扼住了延平府通往闽南的要道，又可东控尤溪，西北攻将乐。况且，沙县是邓茂七起义的根据地，当然是起义后攻打的第一个目标。

邓茂七先将兵马埋伏在离城关一水之隔的水南密林中，自己化装带着少数人马登上被宋朝名相李纲命名的"七峰叠翠"的最高峰上，认真观察沙县城关地形。只见虬江如一条巨龙守护着城池，江面宽阔，激流飞舟，如从水南正面进攻难度很大。城关东门外有一座"一字山"和一座"东天山"，像两尊天将守住东大门。而西门外有"天王山"、大北门外有"鲤鱼山"、小北门外有"黄班山"；城内还有一座"老范山"和一座"西山岭"及"塔寺松林山"等。这些山上都驻扎着军队，居高临下，将沙县城守护得铁桶般坚固。

看到沙县城池的地理形势，邓茂七脸上露出了微笑。因为此时，沙县城关还没有筑城墙，东门和西门都是用木栅栏做成城门，这种木栅栏并不难攀沿，比进攻有高大城墙的城池容易得多。

他回到水南密林中，召集众将议事。在中军帐中，他拔出一支令箭交给李明将军，下令道："李将军，令你带本部一千人马，偃旗息鼓，今夜从上游斑竹方向渡河后，直捣西门外的天王山，消灭明军，然后从西面攻城，不得有误！"李明一声"得令"，领着人马悄悄向上游进发。

邓茂七又拔出一支令箭，叫张留孙率领一千人马，从下游十里处的琅口渡河，攻取东门外的一字山和东天山，控制这两座山后，用土炮轰击城内老范山等军事要地，打乱城内的防御系统。待东西两面攻城开始后，他自己亲率大军强渡虬江，直捣县衙。只留北面一条路让明军逃命去。为什么要这样做呢？邓茂七自有他的道理，因为困兽犹斗，如果四面八方一起进攻，打得急了，守城的明军就会拼命顽抗，战斗将非常惨烈。农民起义军是刚刚组建起来的，还没有经过有效的训练，也缺少战斗经验，硬拼会有损失。还有一条很重要的原因：这是第一仗，只要能顺利占领沙县城就行，就是对起义军的极大鼓舞，不必强求全歼守敌。留下北门让明军溃逃，不但可以减少他们的对抗力量，而且还可以利用他们传播起义军势不可挡的战斗威力，为下一步进攻其他城池做舆论宣传，比传檄天下还更有效。

　　一切安排妥当后，已近黄昏。担任正面进攻的将士们吃了随身带的干粮后，便在夜幕的掩护下，纷纷抬起捆扎的木排，向江边进发。

　　二月的山区之夜，春寒料峭，河水冰冷刺骨。但将士们满腔热血沸腾，趟着河水登上木排，在东西城门传来的阵阵火炮声中，奋力向对岸冲去。

　　北岸城楼上的明军已被东西城门外传来的炮声吓蒙了，又看到河面上黑压压一大片木排冲过河来，不知道来了多少人马，便胡乱朝河里放一通箭后，见挡不住起义军，就纷纷往没有喊杀声的北门退去。战局的发展就如邓茂七预料的那样，正面的起义军很快攻进了李纲路，向县衙逼近。西门外，李明将军率部攻破城门，迅速向县衙靠拢。东门的炮声还在轰响，打得城内的明军抬不起头来，步兵趁机突入东门，占领了东大门及几个军事要地。

　　这时，县衙里乱成一团，县太爷和县丞以及那班官僚平日里只会在老百姓面前作威作福，哪里真会管理国家大事。一遇到突发事件如山洪暴发、冰雹灾害、瘟疫流行等，他们就束手无措，丝毫不知道该怎样抢险救灾，怎样安抚百姓？最多就是向上呈报一下灾情了事。而自从朱元璋开创明王朝以来，到邓茂七起义时已历时81年，江南一带都没有发生大规模的战事，明军对"战争"两字似乎感到陌生了，应战能力相当差。如今，一听到震天撼地的枪炮声，都感到心惊胆战，做了缩头乌龟，躲在营寨中乱放枪炮。当听到喊杀声海啸般涌来时，便纷纷往没有枪炮声的北面溃逃。因此，起义军从酉时开始攻城，到子时仅三个多时辰，就顺利地占领了沙县城。

起义军进城后，邓茂七下令不准扰乱百姓，各将领率本部人马进驻明军的营寨，邓茂七与中军进驻县衙，并在城中四处张贴安民告示。

沙县城中父老乡亲只闻得一夜枪炮声，谁也不敢出门探视究竟发生了什么事？直到天亮时，听得街面上枪炮声平息了，又有不少人在走动着，才纷纷涌到街上。一听说是邓茂七的农民起义军打进城来，赶走了欺压百姓的贪官污吏，还开仓放粮救济穷苦百姓，都欢呼雀跃，奔走相告。人们在门口摆开香案，烧香点烛，称贺铲平王的功德。

沙县城中的商界首领和主事的乡绅，带着募集的捐资，抬着猪羊牛肉和夏茂冬酒，前来县衙犒劳起义军。一路上锣鼓喧天，爆竹阵阵，好不热闹。

邓茂七盔甲鲜明，威风凛凛，带领众将官从县衙中趋出，迎接乡绅们。邓茂七抱拳连连作揖，朗声说道："父老乡亲们，多谢了，多谢了！俺邓某也是受苦受难的穷百姓，为了铲除天下不平，让大家过上富足安康的日子，俺率领弟兄们举起义旗，顺天意，合民心，又有神灵保佑，一战而克沙县城。今天，俺以铲平王的名义下令：凡租种田主田地者，按佃户人口每人留下两亩为私有田，其余退还给田主；凡田主租田给佃户种，田租均减半交纳；以往交'冬牲'和送租谷到田主家的旧例一律废除；凡属贪官污吏、恶霸豪绅，民愤极大的，除惩办首恶外，其家财一律没收充公；合法工商业主，不纳分文税赋。城乡经济秩序继续保持稳定发展，民众各安居乐业，这也是俺们起义的目的。请各位父老乡亲代为传言，大家莫忧，莫忧！"

邓茂七的一席话，好像给众人吃了一颗定心凡，大家一直悬着的一颗心终于放下了。因为在封建王朝，凡是敢起来造反的，都被称之为"寇"。而这个"寇"字正是人们深恶痛绝的，如"流寇""草寇""土寇"之类，都是干杀人越货勾当的，一个个都是"魔王"，杀人如麻。但铲平王邓茂七就与众不同了，他不但体贴百姓，给大家分田地，为农民减租减息，而且起义军纪律严明，秋毫无犯。因此，沙县的老百姓见到起义军如见到亲人一样亲热，丝毫没有恐怖或者陌生的感觉。

当邓茂七率领农民起义军攻占沙县城时，尤溪县的银场炉主蒋福成和郑永祖拉起一支3000多人的队伍起义响应，并迅速攻占了尤溪城，兵员也不断得到补充，几天之内就发展到一万多人。蒋福成和郑永祖原都是开发银场的炉主，时因福建左布政宋彰是个贪婪之徒，投靠宦官王振为后台，相互勾结，狼狈为奸，不断苛勒炉冶税。据嘉靖《尤溪县志》载："国初置炉冶，鼓铸历年所，民殊罢夫作，矿尽绝矣，民复鬻妻子家室全偿。"银场被沉重的杂税压得濒临破产，数千炉工无以果腹，所以被迫反抗，参与了邓茂七的农民起义。

清流县的蓝得隆得知邓茂七起反了，并占领了沙县城，他马上组织数千人马发动起义，占领了清流县城，随后又一鼓作气，迅速攻占了宁化城，队伍也很快发展到一万多人。

当蓝得隆派人向邓茂七报喜时，邓茂七非常高兴，因为这样一来，不但起义军力量大大加强了，而且又极大地稳固了起义军根据地的西北翼，为起义军攻打其他州县解除了后顾之忧。

这时，邓茂七起义军已控制了沙县、尤溪、清流、宁化各县的大部分地区，队伍也迅速扩大到十万之众，一时声威大振。八闽大地为之震撼，人们纷纷传言邓茂七如何如何了得，起义军怎样英勇善战。起义军也在邓茂七和众将的严格训练下，战斗力不断提高。

此时，浙江的叶宗留、叶希八领导矿工发动起义，打下了浙南的大片土地。叶宗留派人来与邓茂七商量，希望两支起义军联手，由叶宗留的义军守住闽浙边界，阻挡朝廷兵马进入福建"围剿"邓茂七起义军。可惜邓茂七心胸狭隘，又被初步的胜利冲昏了头脑，认为叶宗留都起义两年了，还只有2万多兵马，没多大能耐。自己才起义一阵子，就已拥有3万兵马了，此时他不来称臣倒罢，还想来结盟，是不是想平分天下？

但邓茂七表面上不动声色，只是给叶宗留回了一封信，勉强答应结盟之事，就打发来人回去了。本来这是中国农民起义历史上的第一次工农联盟，可惜由于邓茂七的小农意识的局限性，使这一联盟没有发挥多少作用。后人评论此事时曾大发感慨,谷应泰在他所著的《明史纪事本末》一书中,虽然是站在明朝统治阶级的立场上记述这两支起义军的失败,但还是不乏精辟地指出:"所幸者闽寇自闽,浙寇自浙,地虽旁掠,势不交通,此成擒耳。假令浙寇北下婺州,东收广信,闽寇南驱光泽,西薄建昌,联师有犄角之形,事成有中分之约,则八闽既困,江浙亦摇不已晚乎!"这种论述在当时是很有见地的。

起义军初战告捷,鼓舞了士气,增强了胜利的信心,又在沙县扩充实力,招兵买马。其时来投军的人员中,有几个游手好闲的青年,在社会上混不下去了,便想参加起义军捞点好处,混几天饭吃。军师黄宗富和邓彩云都反对收留这样的人,怕败坏了义军的名声。但邓茂七却是另一番心思,他说:"义军刚刚发展壮大,如果连主动来投军的青年都不收,人家会怎样议论?不是自己堵塞了自己的发展道路吗?何况义军整体上是好的,也不怕少数人什么样,他们还可以学好起来嘛。"正是因为邓茂七有了这种想法,所以嗜赌成性、好逸恶劳的罗汝先等人得以顺利进入义军队伍,为后来起义失败埋下祸根。

　　义军队伍一天天扩大，战斗实力不断加强，又是旗开得胜，起反有了这么美好的开端，义军将领们自是踌躇满志，豪气横生。邓茂七看在眼里，喜在心上，他便召集众将商议进军方略。他采纳了军师黄宗富的计策，对众将领说："诸位将军，浙江的叶宗留和叶希八将军发动矿工起义，已经成功了。他在浙南开辟了一大片根据地，而浙南正与闽省毗邻，他等于在北面为我们创造了一个安全区，我们可以利用这个有利因素，做出新的战略部署。昨日蓝得隆派人来报，说是上杭县有义军的内应，准备配合我们攻城。闽西北的沙县、尤溪、清流、宁化已经都是义军的地盘，攻下上杭，就连成一片很大的范围。然后挥兵直指汀州府，打下汀州后，闽西闽北基本上就是义军的天下了。最后我们再攻取延平，直驱省会，势必控制全闽。你们看如何？"

　　众将一听，喜上眉梢，都说："大王英明，我们就是要有雄心壮志夺取福建全省，抓宋彰，除奸贼，开辟东南天下。"

　　邓茂七听了，点了点头，又说："我们马上兵分两路，李明将军率2000名义军留守沙县城，林仔德将军率领3000兵马到清流、宁化运粮回陈山寨，以做义军固本之基，并守好总寨。其余各位将军与本王率一万兵马共同前往攻取上杭。"

话音刚落，众将齐声叫好，他们早就摩拳擦掌，跃跃欲试，于是立即分头行动。

第二天一早，沙县城中百姓听说铲平王的队伍要远征，纷纷来到城外大道旁，焚香顶礼，挚诚相送。邓茂七看到这种场面，感激万分，也更增添了"铲除天下不平，为穷苦百姓创造幸福生活"的决心。

一万多名义军在邓茂七的率领下，旌旗蔽日，鼓角喧天，浩浩荡荡奔杀向新的战场。

第三章 壮志凌云 誓铲不平

明正统十三年三月中旬，铲平王的兵马如一条巨龙般蜿蜒挺进闽西北的崇山峻岭之中，一路旌旗蔽日，威武雄壮。前一阶段，义军因大部分是来自农民和手工业者，懒散惯了，不太遵守军纪。而且又掺入一些不纯分子，所以时有发生侵扰百姓、奸污妇女的事。

邓茂七对此严厉惩罚，大力整治，经过在沙县的整顿训练，义军纪律严明，秋毫无犯，深得沿途百姓的拥护，许多青年投奔义军，队伍便不断扩大。义军挺进到清流时，已有2万多人了。

清流的蓝得隆出城十里迎接铲平王大军进城，邓茂七再次严令义军不准骚扰城内民众，满城百姓像过年过节一样，沿街焚香摆案，共祝义军一帆风顺，建功立业。

邓茂七心中更是兴奋，而且在兴奋之中还夹带几分得意。他命蓝得隆为总兵，镇守清流、宁化二县，加紧训练义军，自己带着两万兵马直扑上杭县而来。

上杭县巡检黄谨早已得到蓝得隆的密信，当邓茂七率军包围上杭县时，他便借商议军情之机，杀死县官，大开城门迎接义军入城。

邓茂七进城安抚百姓，开仓济民，又嘉奖了黄谨，命为总兵官。

至此，义军从二月初五日正式起义仅一个多月，已经占领了闽西北的大部分地区，缴获了无数的粮食，真是兵强马壮，军威大振。而且又对汀州府形成三面包围之势，大有一鼓作气攻下汀州的气势。

当邓茂七将进攻汀州府的意图提出时，许多将领都表示赞同。军师黄宗富也赞成，因为汀州府地理位置相当重要，地扼闽赣两省咽喉，自古是兵家必争之地。攻占了汀州府，进可以夺取八闽，退可以转战江西，于义军是个很好的扎根之地。但黄宗富也认为，汀州府驻有重兵，知府刘能又是个能文能武、精明干练的帅才。在他的治下已有清流、宁化、上杭3个县被义军攻占了，他还是不慌不忙，不上书请发救兵，这说明他已胸有成竹，不能小觑了他，其中肯定有什么谋略。

邓茂七一听，却毫不在意地哈哈大笑起来："俺义军有2万多人马，又一连占领了闽西北的大片土地，士气正高昂着哩！何惧他汀州府五千人马。"邓茂七因连连获胜，豪情满怀，轻敌思想已悄然生发。手下将领也一个个充满必胜的信心，骄兵情绪已蔓延在义军之中。

黄宗富军师总觉得立即攻打汀州府有些太急，因为义军虽然有2万多兵马，但大部分都是从农村来的新兵，缺少训练和实战经验。

邓茂七已不再像以前那样对军师的话言听计从，他一旦有了主意，是任何人也难劝说他改变的。一种独断专行的个性渐渐从潜意识里升起来。黄宗富隐约地感到，邓茂七的这种个性，将危及义军的前程。

邓茂七决定攻取汀州城，他只留下少数兵马守卫清流、宁化、上杭3城，亲自率领2万多人马，浩浩荡荡直逼汀州城。

到了汀州城下一看，城头上旌旗不整，守兵稀稀拉拉，根本不像黄宗富所担心的那样，有重兵把守。义军将领们满心欢喜，认为这种城池有何难攻，准备立即乘胜出击，杀他个措手不及。

邓茂七正要传令攻打，忽听一声炮响，城头上突然竖起无数面大旗，城楼上也擂起战鼓，只见城门大开，一彪军马猛冲而出，直扑邓茂七军中。

邓茂七冷笑一声，喝道："来得好，迎战！"大将军张留孙舞着一根80斤的铁棒，冲出迎敌。那大铁棒车轮般舞动起来，凡被砸着或碰着的，不是脑浆迸裂，就是断腿断臂。少将军邓伯孙年轻气盛，早已手心发痒，带着几十名骑兵扑向敌军厮杀起来。敌军仅有数百人，哪经得住义军猛虎般的大将左冲右突，一时大乱，死伤无数，只有数十个腿长有经验的士兵跟着主将逃回城去，紧闭城门，再也不敢露头了。

邓茂七立即下令攻城，义军纷纷抬来早已准备好的木料，冲到护城河边搭桥，一会儿就搭起了几十座简易木桥。

此时，城上突然鼓声震天，箭如飞蝗，向搭桥的义军射来，义军纷纷中箭倒地。城上又射下火箭，刚搭起的木桥都被烧毁了。

邓茂七看到死伤了许多兄弟，心痛如刀绞，急忙下令收兵，扎营安歇，好好将息一夜，明日再攻城。

因昨日刚打了一场胜仗，第二天一早，义军更是雄赳赳气昂昂地攻城来了。还没有抵达城边，城内又有一个将军率领上千人马冲杀出来。还是张留孙第一个冲杀上去，其余将领也不甘示弱，纷纷掩杀过去。敌军抵挡不住，急忙退入城中，又关起城门不出战。邓茂七下令攻城，义军们冒着箭矢和擂石，搭起木桥，冲向城边，架起云梯，纷纷往上爬。城上又泼下一桶桶滚烫的开水，烫得登城的义军皮焦肉烂，哭叫连天，一个个从云梯上栽下来。护城河上的木桥又被射下的火箭火球烧毁了，援军被阻在河南岸过不来，冲过护城河的那些弟兄全部壮烈牺牲了。

邓茂七一时也没有其他办法，只好先收兵回营。

此后一连数天，官兵都不出城接战，只是紧守城池，义军也无法攻进城去。

这是铲平王起反以来第一次受挫，损失了两千多弟

兄，又一连几日攻不下城，不免心中焦躁。他召集众将
商议，军师黄宗富提出舍弃汀州城，转攻他处。有些将
领提议将息两日，再强行攻城。邓茂七也舍不得退兵，
毅然决定：明日再强攻，一定要拿下汀州城。今晚慰劳
众兵将，各部均可弄点酒菜犒劳大家。黄宗富急忙叫众
将小心，不可饮酒过量，须防敌军偷袭。但大家都瞧不
起不敢出城应战的敌军，也不把军师的话当一回事，这
一夜尽欢尽醉，闹到半夜才休息。

　　大约凌晨丑时，忽听一阵连珠炮震天响起，无数官
兵潮水般涌向义军营寨，四处放火。义军都在睡大觉，
醉眼蒙胧中也不知官兵从何处涌来，仓惶应战，阵营大
乱。

　　只有张留孙与众不同，他是酒喝得越多越有力气，
挥舞着镔铁大棒乱砸乱劈，杀得官兵鬼哭狼嚎，四处逃
窜。官兵都领教过他的厉害，许多人将他铁桶般围困在
核心，但对他也是无可奈何。

　　邓茂七被炮声惊醒后，立即提剑冲出中军帐，迎面
遇到邓伯孙跑来报告，说是官兵来劫营，义军阵营已大
乱。这时，邓彩云将军带着随军的数百女兵冲到中军帐
来保护铲平王。邓茂七看到妹妹如此情深义重，深受感

动。他急忙跳上战马，冲向敌军。

　　由于义军多数是新兵，没有经历过大战场的腥风血雨，武艺也不精，况且连日攻城，征战疲劳；昨晚又饮酒作乐，半醉之中突遭官兵袭击，未及交战便自乱了，黑暗中纷纷夺路逃命，邓茂七喝令也起不了作用。

　　此时，军师黄宗富和护卫军也被官兵包围住，左冲右突冲不出重围，而且眼看着官兵越来越多，军师的武艺本来就不高，勉强应战，只有招架之功，没有还手之力，险象环生。一官兵将领一刀劈向黄宗富，他急忙举剑招架，"咣当"一声，宝剑被震落地上。那将领挥刀又砍，黄宗富一闪身，手臂中了一刀，鲜血泉水般涌出，眼前金花乱冒。他知道难逃此劫，只好闭目等死。忽听一声"唉哟"，有大刀落地的声响。黄宗富恍惚中睁眼一看，那官兵将领已身首异处。原来，是一位精悍的少年见到军师危急，几个起落，猿猴般敏捷地奔到官军将领背后，以迅雷不及掩耳之势砍下那官将的脑袋，救了军师。这少年就是阎诗荣的部下罗丕，他从小攀树爬崖，练就一身功夫。作战时他总是冲在最前面，哪里战斗最激烈，他就会出现在哪里。那次攻打沙县城时，就是他第一个攀上栅栏门，杀进城里的。由于他敏捷干练，动作神速，往往连战马上的将官也奈何不了他，一不小心就被砍上一刀。因他作战特别勇敢，义军们就送他一个外号"小老虎"，铲平王也论功行赏，封他为偏将。

罗丕救下军师后，就杀开一条血路，保护着黄宗富和护卫军，向中军帐奔去。

这时，却有一个义军参将罗汝先，见义军大势已去，主动跑到汀州知府刘能面前投降，编造许多义军如何如何残暴的谎言，并说自己是被胁迫入伙的。刘能是个何等机敏的人物，一看就知道这是个可以利用的人，就好言安抚了一番，命他继续留在义军中做内应，待消灭了义军后向朝廷请功封他官位。罗汝先领命，又悄悄潜回义军队伍里。

邓茂七挥舞利剑，勇猛地冲杀，只见火光中剑光闪闪，宝剑劈下血气冲天，官兵就像被砍倒的麦子一样一片片倒下去。邓彩云率领女兵紧跟铲平王后面，个个英姿飒爽，挥舞刀剑，呐喊着杀向官兵。她们冲杀到哪里，哪里的官兵就像被推倒的墙一般，"哗啦啦"往后倒退。但由于义军阵营已乱，被官兵分割包围，各个击破，无法形成较强的战斗力。

邓茂七看义军溃不成军，只好且战且退，往宁化方向撤去。此时天色已蒙蒙亮了，官兵的追击部队渐渐被义军甩掉。这一带山林茂密，逃到林中及失散的义军不断归队，但也只有八九百人。邓茂七长叹一声道："唉，都是我轻敌，不听军师之言，才会一败涂地，我对不起义军兄弟呀！真是无颜再见江东父老了！"

阎诗荣等将领劝道："大王不必担心，也不可灰心，咱们不是还有几支人马吗？加上留守沙县和陈山寨老营的兵马，又是一支劲旅，只要再经过一段时间整顿训练、招兵买马，又能够打天下了。"

军师黄宗富因在突围中受了伤，落在后面，邓茂七只好放慢行军速度，一边等候军师，一边也要多召集一些失散的义军。待军师等赶回队伍时，已是黄昏时刻，这时也可以望见宁化城了。

义军松了一口气，心想只要进了城，好好休整几天，就能恢复部队元气，再找官兵决战不迟。谁知刚走到一片树林边，突然一声炮响，林中冲出一队官兵，挡住义军去路。为首的将领正是汀州卫都指挥马剑宏，骑在高头大马上叫道："邓茂七，我们早已收复了宁化、清流、上杭三县，你此时不降，更待何时？"

邓茂七一听，方如梦初醒，难怪官兵一连好多天不出城交战，原来是趁绊住义军之机，偷袭了义军的后方。如今人马疲惫，无力再战，只好败退，保存实力。幸好义军中许多是宁化本地人，道路熟悉，在山中七拐八弯，就甩掉了官兵的追击。

众将渐渐围拢来，都问邓茂七："大王，如今义军往何方去？"

邓茂七略一沉思，对众将道："回沙县老营必经过清流，而清流已被官兵占领，此路不通。不如先转向建宁，再奔杉关，蓝得隆将军有位结拜兄弟在杉关占山为王，我们与他会合，以图东山再起。"

众将一听，眼前似乎又展现出光明的前景，大家充满信心，互相鼓劲，向建宁县进发。

谁知刚来到与建宁县一山之隔的一处险要山口前，就听到一阵金鼓声，一彪军马横挡在山道上，一员大将高声叫道："邓茂七，你逃不掉了，快快下马受缚。"

张留孙一听，怒发冲冠，挥着铁棒冲上前去，一阵猛砸，杀得官兵四散逃跑。那主将挺枪来战，张留孙一铁棒扫去，将他的长枪荡开，那将官差点把捏不住枪柄，暗叫不好，再斗几个回合，不留神战马被一铁棒打中，一个趔趄，将那将官掀下马来。张留孙正想一棒打死他，不料官兵一拥而上，冒死将他救去。这样一来，官兵只是紧紧围住义军不放，但又不敢近前交战。原来这些官兵在汀州城下都领教过张留孙铁棒的利害，所以今日遭遇，大多先怯了胆，只是远远地避着他乱咋呼。

邓茂七趁机率领义军冲过山道，留下一小队义军占住关隘，掩护大家撤退。由于这关隘十分险要，大有"一夫当关，万夫莫开"的气势，一被义军占领，官兵就难以追击邓茂七了。

那官兵将领见邓茂七夺关而走，气得"哇哇"大叫，逼着官兵抢关追击。但只要官兵一靠近山口，滚石便纷纷砸下来，官兵死伤无数。这样的拉锯战一直坚持了大半夜，到快天明的时候，义军早已不知去向，只是那些掩护的义军全部壮烈牺牲了。

邓茂七急急赶了一程路，便停下来等候掩护的弟兄。但左等右等，就是不见他们回来。他正焦急不安，忽见罗汝先满身血污赶了回来，一见邓茂七就大哭道："大王，小将差点就见不到您了，那些掩护的弟兄们死得好惨哪！"

邓茂七感到奇怪，一路上都不见罗汝先的影子，他怎么像从地上冒出来的一样，就问他："怎么从昨天都不见你，这会儿又是从哪里钻出来？"

罗汝先又是一阵悲泣，说道："官兵一来偷袭，小将就想到来保护大王的安全，但遍地都是官兵，小将一下子就被包围起来。他们人多势众，小将差点儿就没命了，幸好'小老虎'赶到，才帮我逃脱险境，便一路寻找大王而来。"

邓茂七一听，忙问道："'小老虎'如今在哪里？还有林仔德、李明几位将军你见到否？"

罗汝先苦笑了一下，说："'小老虎'救了小将后，又杀入敌阵中去，不知现在何方。其他几位将领都没遇到。"

邓茂七见几位将领都没有下落，心中一阵悲哀，不觉垂下泪来。

罗汝先见状忙说："大王别伤心，他们一定也会像小将一样找回义军中来。小将当时找不到大王时，也是好慌张。但我是义军的人，死也要做义军的鬼。我想：大王退兵肯定会往宁化方向走，便一路追来，可快到宁化城时，一看城头上不是咱们的旗号，只好又钻进树林里。后来看到官兵调兵遣将往建宁方向追击，我知道大王肯定也是往建宁走，便躲躲闪闪尾随而来。小将是无论如何也要回到义军中的，要回到大王您身边来。真是老天爷有眼，终于让我找到你们了。"

罗汝先的一番话说得慷慨激昂，邓茂七心中大受感动，有这么好的兄弟们，我邓茂七一定能重新站起来，打出一片江山，决不可辜负了众多好兄弟的深情厚谊呀！

邓茂七带着不满千人的义军队伍，向杉关进发，一路上又有不少失散的义军赶上来，待到杉关时，已经有了两千多人马了。

蓝得隆先期赶到杉关去通知他的结义兄弟罗以宁。罗以宁听说铲平王的队伍来了，高兴万分，大开关门拜迎邓茂七。邓茂七见他年仅二十有余，一副书生模样，但英气勃发，气宇轩昂，而且愿意拜在铲平王帐下为将。邓茂七自是十分高兴，从此一面整顿义军，一面找附近的富豪之家征粮以备扩军之需。武夷山两侧的饥民听说铲平王在杉关招兵买马，纷纷投奔而来。不多久，义军又扩大到一万多人马了。

这时，因受伤留在建宁治疗的军师黄宗富和负责保卫军师的邓彩云将军都来到杉关聚集。在汀州城下失散

的义军将领林仔德、罗丕、李明等几位将军也带着一批
人马来了。又有探马报来，沙县陈山寨总营安然无恙，
两千多义军日夜盼望着铲平王打回沙县会师。众将一
听，欢呼雀跃，纷纷向铲平王请战。

邓茂七见时机已经成熟，便召集众将议事，决定攻
占光泽、邵武、顺昌等县，与沙县总营会师，然后直逼
延平府，执行"取延平、塞二关、据八闽"的战略。众
将一听，齐声欢呼，这正是义军起反的真正目的，就是
要杀尽天下贪官污吏，打下一片太平江山，让老百姓过
上自由幸福的生活。

正统十三年四月二十日，铲平王开始实施战略目
标，他封罗以宁为都督，率领本部三千人马做开路先
锋，自己率一万兵马殿后，直取光泽县。义军经过整
顿，纪律严明，战斗力倍增，一路攻城夺县，势如破
竹，连克光泽、邵武、顺昌三县。而且队伍增员很快，
打下顺昌城时，义军队伍已经扩大到 10 万人马了。

义军驻扎在顺昌城，尤溪的蒋福成已被铲平王封为
大将军，手下也有一万多兵马了。听说铲平王回师闽
北，便派人送来兵器和军需。来人是蒋福成的好友、副
将郑永祖，他原来是在蒋福成身边做事，后到永泰县谋

生。听到铲平王起反和蒋福成占领尤溪城的消息后，他也召集了一帮弟兄，谎称蒋炉主发兵来攻打永泰县了，又在城里四处纵火，吓跑了永泰县的大小官吏，顺利占领了永泰城。现永泰已与尤溪、沙县连成一片，都是义军的天下了。再加上光泽、邵武、顺昌等县，闽北和闽中几乎都成了铲平王的属地了。只可惜清流、宁化、上杭等县得而复失，否则义军的天下可就宽广了。

邓茂七闻报尤溪与永泰都在义军手中，非常高兴，就封郑永祖为总兵，请他回尤溪转告蒋福成：攻打延平城在即，由他们负责打造大量兵器、箭矢，供应攻城军需，郑永祖领命而去。

邓茂七又命李明与罗汝先监造兵船。自从那次罗汝先编造一通好听的话引起邓茂七好感后，在这一段攻城略地的战斗中，邓茂七经常重用他，已经提拔他为将军了。

邓茂七又派阎诗荣统领一支水军，在富屯溪上大操练，做好攻打延平城的准备。他又派军师黄宗富率领部分将士，先行占领延平府的外围王台一带地区，在那里设立总甲、里长，巩固这一片根据地。

如今，铲平王真是壮志凌云，大有不扫尽天下不平

誓不罢休的英雄气概。每天看到 10 万大军驻扎在城郊
旷野的数里连营，看到旌旗蔽日号角连天的雄壮气势，
又瞧着富屯溪上战船如云，桅杆林立，更增添了万丈豪
气。他似乎看到那些奸臣们一个个被义军抓住了，那些
土豪劣绅们就像丧家之犬，纷纷向义军投降，接受惩
罚。天下的老百姓都分到田地、粮食，家家户户笑逐颜
开，过着富足安康的生活。

　　铲平王的眼前，是一派阳光灿烂、光明幸福的美好
世界。

第四章　拒绝招安　攻坚歼敌

　　邓茂七起反之后，福建巡按御史柴文显曾批文要延平府就地"剿捕剪除"义军。但邓茂七的势力越来越大了，官府为之震惊，各地告急文书雪片般飞到省里。其时宋彰与巡按不睦，便向王振密告柴文显匿情不报，坐使贼寇为乱。王振对柴文显也没有多少好印象，柴在福建为巡按，这地方有山有海，物产丰富，但王振亲自开口向他要点山珍海味，他都不爽快，因此王振早就对柴文显有怨气。此时接到宋彰密报，心想：你小子今天也会撞在我手上了，管他宋彰公报私仇也好，诬告诽谤也罢，你平时敢违抗我，就不让你有好下场。于是假传了一道圣旨，将柴文显以匿情不报，纵贼作乱为由逮往京城，下了天牢。王振又将一个曾经给他送过几次厚礼的福建监察御史汪澄提为巡按御史。一个是不明不白地丢了乌纱帽，还解押进京进了大牢；一个是喜从天降，糊里糊涂地当上了福建巡按御史。

汪澄是个胆小怕事之辈，3月间上任福建巡按御史时，正遇邓茂七挥兵攻打汀州府。虽然不久就接到汀州府的告捷文书，但邓茂七未除，终是心腹大患。况且前有柴文显为例，还是先将起义军攻州夺县的详情报上朝廷，请派援兵"剿灭"为要。宋彰是巴不得有此机会，朝廷要来兵马"剿捕"贼寇，这是为地方安宁着想，地方上肯定要筹备军需，趁此机会又可以堂而皇之地向下大捞一把了。于是，汪澄便上书朝廷，添油加醋地将邓茂七说得有三头六臂，如何如何了不得，义军势大危及八闽云云。

奏本到了京都，司礼监王振看了并不理睬，反正就是那么一伙草寇而已，地方上养那些兵马是吃干饭的，叫他们去"剿灭"不就结啦？正巧这时，前司礼监刘永诚之侄刘聚来拜见他，因刘永诚算是王振的前辈，自然对其侄刘聚另眼相待。刘聚此人武艺并不精，随其叔出镇甘肃时，曾经在一次与邻国发生边事冲突中杀良冒功，被提升为都督同知，后又晋升为都督。他本领不高，拍马屁的功夫却很精深，特别是敛财有术，每次出征都是满载而归。当然他忘不了孝敬王振了，经常送些古玩珍宝到王府，乐得这大奸臣笑眯了眼睛。因此王刘两家关系密切，互有利益，心照不宣。

今天，刘聚一来王府，先向王振请了安，又送上一份厚礼，然后急切地问及福建剿寇军情。王振不以为意，笑了笑说："一伙草寇，掀不起大浪。"

刘聚忙说："不然，听说邓茂七能呼风唤雨，草寇个个勇猛异常，如今刚起反，就威震八闽，若不及时剪除，日后恐成大患。"

王振嘿嘿一笑："想必是都督闲不住了，又想出去打打秋千吧？既是都督有心，咱就促成这件好事了。"

刘聚一听，忙连声道谢，声称一定不忘老爷的恩情。王振自然听得出话中的意思，表示此事全包在他身上。但刘聚还有些不放心，又问监军一职将由何人出任？这监军是个关键人物，如与都督合得来，这一路上敲诈地方官就顺手得多。

王振知道他问话的意思，想了一下，就说推举金都御史张楷为监军如何？刘聚一听乐了，他知道张楷这人只会吟诗作赋，是个有名的书呆子，让他来当监军再好不过了。两人都会心地笑起来。

第二天，王振到后宫英宗皇帝整天游玩的西苑圆殿面圣，禀报福建邓茂七造反，拥兵10余万，攻占五六个州县等事。英宗大惊，忙问如何处置？王振趁机推荐刘聚为总兵、张楷为监军，领兵五千南下，协助福建地方官府剿捕邓茂七。

英宗皇帝依奏，又授意剿抚兼施，方可体现王朝天威。英宗急于观赏歌舞，就将派兵和下旨招安等事都交给王振去办，王振便匆匆领旨出宫而去。

次日，王振将刘聚、张楷召来，商议出兵之事。决定以刘聚为总兵官、张楷为监军、都督刘得新与陈荣为左右参将，率领五千官兵前往福建"剿贼"。然后又发令到江西、浙江两省，命都指挥司出兵协助"征剿"。

出兵的事安排妥当后，王振才命太监拟了一道招抚的圣旨，找到来京办事而又素以有胆有识著称的福建监察御史丁宣，告以皇上委予的重任，赍圣旨前往招安邓茂七。丁御史领命先行赶赴福建去了。

刘聚领着五千兵马，离开京城南下。他一路慢吞吞地行军，每到一地，都为筹措军需为名，敲诈地方官。如不给足够的军饷，就拖延时间不开拔，天天要供给这五千人马吃喝，也就够地方官头痛的了。因此，沿途各州只好赶快准备一批钱粮给他，像送瘟神似的快快送他们走。

而监军张楷也巴不得刘总兵拖延时日，他好去各名胜游览，去会文朋诗友。到南京时，因地方官不买他们的账，他们就赖着不走，一连20多天，五千官兵在大街小巷强拿豪夺，搞得南京全城鸡鸣狗跳，不得安宁。张楷却整天泡在勾栏院里，与二名妓醉生梦死。

刘聚一路上敲诈勒索地方百姓，人人敢怒而不敢言。特别是那些官兵更是如狼似虎，扰乱得地方百姓苦不堪言。百姓们都听说铲平王一来就分粮分钱救济穷苦人，与这些官兵一比，真有天壤之别。官府天天宣传流寇一来就烧杀抢夺，看来全是谎言，烧杀抢夺的不是流寇，而是他们这些官兵。

那刘聚只管自己敛财，从来不约束部下。他把沿途敲诈的大批钱财运回京城家中，当然每次派心腹运送东西时，总少不了给王振送一份。因此，这样走走停停，从春天走到初秋了，这五千人马还没有到达福建境内。刘总兵官与张监军两人一个沿途大捞好处，一个四处游山玩水、吟诗作赋，各得其所，其乐也融融。

倒是丁宣先到福建，又亲往延平府进行招安。他本来想亲自到邓茂七军中宣读圣旨，但延平知府王彪不放心，怕万一义军翻脸，伤害了御史大人，所以先叫延平府推官文任打头阵，到顺昌邓茂七军前宣达皇上的招抚之意，看义军将领们如何反应，若是有接受招安的诚意，再由丁御史当面向邓茂七宣旨。

此时，邓茂七正在大练兵，即日就要攻打延平城了。那十万大军在顺昌城外扎下大营，真个是旌旗蔽日，鼓角相闻，一派威武雄壮之气势，令文推官看了惊心丧魄。待走进铲平王的临时府邸，但见大殿上义军将领个个盔甲鲜明，英气勃发，自有一股压倒一切的正气。文推官暗暗惊道：寇贼中怎会有如此多的英雄人物呢？他哪里知道，明中叶奸臣当道，日月无光，朝纲不振，黑暗的统治早已使老百姓处在水深火热之中，正直之士哪里还忍受得了，因此邓茂七登高一呼，万众响应，各路能人纷纷投奔义军而来。但他忽然又天真地想：如果邓茂七肯接受招安，那么这支劲旅倒是保卫八闽安全的巨大力量，可皇上诏书上却是连骂带哄软硬兼施要他们解甲归田的，多可惜。不知这诏书是哪个内侍起草拟就的？简直就像一团导火索，不激起他们更大的怒火才怪呢！

大殿上，义军众将领正在讨论军师黄宗富提出的进军策略，大家激情满怀，斗志昂扬，都有一股扭转乾坤的豪迈气概。他们明白了军师极力主张攻取延平城作为王业根基的战略，是起义军的崇高理想境界，也是有着深远的历史意义的，因此攻取延平城的信心就更足了。

正当众将领七嘴八舌高谈阔论的时候，护卫官报说丁御史的使者来到，大家就停止谈论，静听文推官传述皇帝招安的意思。当听到叫大家永罢刀兵，解甲归田，可免一死，否则天兵一到，龆龀不留几句话时，张留孙第一个就忍受不了，大喊大叫要把来使杀了，再打进延平城，活抓丁御史和王彪知府。众将领有赞成张留孙意见的，也有说不可鲁莽的，只有铲平王不动声色，静听大家的意见。总兵黄谨说可以与官府讨价还价，讲一讲条件，若条件有利，如答应减租减息、减少徭役等，接受招安又有何不可，义军起反的目的不也是这样吗？但阎诗荣、李明等马上反对，皇帝不是讲得很明白了，立即无条件散伙回家，否则就派天兵镇压。如今义军有如此强大的力量，还怕他不成？坚决不投降！

众人又将目光转向铲平王，看他是怎样表态的。因为他的话才是最权威的，也是关系到义军兴败存亡的。

但见邓茂七怒目圆睁，"嗖"的一声拔出佩剑，轻轻一挥，早将桌子的一个角砍下来了。他厉声喝道："鸟皇上宠信奸宦，残害忠良，早已失去了当皇上的资格了。俺们举义，铲除天下不平，为民做主，用不着他来指手画脚，发号施令。想连哄带骗解散俺们义军队伍，没门！谁再说招降二字，犹如此桌角。"

文任推官吓得浑身发抖，急忙改口说道："不是叫你们降，皇上只是让大王永罢刀兵，解甲归田。上天有好生之德，皇上既往不咎，决不会殃及众人安危与前程，请大王三思。"

站在铲平王身旁的张留孙早气坏了，拔出宝剑一步冲到文推官跟前喝道："你再说一个叫俺们散伙的词儿，俺老张就一剑劈了你。"吓得文推官脸色发白，连连后退。

邓茂七又义正词严地喝道:"两军交战,不斩来使。姓文的,今天饶了你,回去告诉你那狗屁丁御史,别梦想叫义军招降,我们来日刀兵相见。快滚!"

文任推官走后,铲平王即部署进攻延平城的战略行动,他令少将军邓伯孙率三千精锐,领前部先锋衔;都督陈敬德、都指挥李明各率三千军马为左右翼,总都督阎诗荣为水军统领,率120艘战船直捣延平城西水门。而铲平王带着张留孙、罗依林为中军,由大将军邓彩云为后军统领,亲率2万人马浩浩荡荡杀向延平城。顺昌的大本营就派蓝得隆留守,并做好后援各项事宜。

这一天正是六月初八日,骄阳高照,满河泛着金光。义军们的士气也像六月的天气一样,热烈而高涨。邓茂七亲率大军直抵延平城郊安营扎寨,接着放起一连串珠炮,义军呼啸着冲到大北门前扎下阵脚,水军也向西水门发起强攻。

城头上守卫的丁御史已经得知邓茂七拒降,并率两万多兵马围攻延平城来了,因此他调集全城的兵马,准备与义军决一死战。丁御史是个较有能耐的人,将守军整顿得颇有几分威严。只见城头上旌旗迎风飘扬,阳光下刀光剑影闪烁,军容甚是齐整。

邓茂七心想："鸟御史你何必虚张声势，城内的兵力部署俺早就打听清楚了，不过五千兵马，加上临时强征的壮丁，也不上七千人。而义军多了三四倍兵力，还怕打不下号称'铜城'的延平城吗？"

丁御史还想最后再争取一次，向邓茂七挑明利害关系，或许还能避免刀光血影，那也算他的一项奇功。因此，他亲自率领几员大将，开了城门，来到邓茂七军前，再一次鼓动如簧之舌，又是说他们起反大逆不道，杀朝廷命官罪当诛九族，今皇恩浩荡，恩准他们永息刀兵，不予追究；又是说如执迷不悟，顽固到底，只有死路一条，朝廷已派都督刘聚和监军张楷等率十万大军来闽剿灭造反之众。届时天兵一到，将会玉石俱焚云云。

邓茂七听得不耐烦了，轻蔑地说："你别拿天兵来吓唬人，我已拥有兵马十万，正想取延平、塞二关、据八闽，然后挥师北上，铲除当朝一切贪官污吏，为天下百姓谋利益。我们正等天兵早日来送死哩！"

邓茂七说罢，便麾军冲杀了过去。两军在大北门前进行激战，金鼓齐鸣，呐喊连天。

陈敬德发挥神弹绝技的优势，瞅准丁御史头上的大红盖伞，一弹飞去，"啪"的一声击断伞柄，那大伞

"呼"地一下罩在他头上，吓得他屁滚尿流，狼狈逃进城去，紧闭城门，再也不肯出城迎战。

义军们开始猛烈攻城，一架架云梯架上城墙，但都被官军放火箭烧毁了。城上滚木、礌石如雨点般打下来，攻城的义军伤亡惨重，攻城战斗异常激烈。

攻打西水门的义军在阎诗荣的率领下，纷纷跳下战船，冲上溪滩，强攻西水门。守军一见，急忙放箭，但义军有盾牌保护，伤害不到，攻城战斗越来越激烈。

官兵看看危急了，就放滚木、礌石和硫黄火球，水门城墙下浓烟刺鼻，熏得人眼睛都睁不开。攻城的义军遭受重创，纷纷退回溪滩上。

邓茂七见两处攻城部队都受阻，方相信延平这个"铜城"并非浪得虚名，确实易守难攻，只好下令暂时鸣金收兵。

这场攻坚战出师未捷，义军将领们都有些闷闷不乐。铲平王召集众将了解战斗情况，为大家鼓士气，安慰他们道："胜负乃兵家常事，延平城虽然凭借天险易守难攻，但城内空虚，只要我们加紧攻城，不愁攻不下这座'铜城'的。"

第二天，义军又精神抖擞地出发，还是水陆两路同时攻城。今天攻打的方式改变了，义军先用密集的飞箭还击城上射下的箭雨，使官兵受到损伤，然后发起强攻。但城上的官兵奋力抵抗，防守严密，义军一时也无法攻破延平。如此一连围攻了七八日，还是没能破城。邓茂七心中开始焦急起来：这样耗费时日又损失兵力，如何是好？要是连一座延平城都打不下来，更何谈占八闽、建王业？

军师黄宗富看出铲平王的心思，安慰他说："大哥别着急，延平府四周都是义军的领地，它成了一座孤城，内空虚，无外援，只要我们再多围困一些时日，官兵不战死也要饿死，何愁此城不破。"

邓茂七一想也对，义军有十万人马，又占领了闽北大部分县城，有的是后援力量。而守城明军兵力不足，又得不到给养补充，外无援兵内缺粮草，只有死路一条。因此，他下令继续围城强攻，即使暂时破不了城，也要叫官兵大遭损失，耗尽力量。

果然，再围攻几日，延平城就出现了险情，管仓官向王彪知府和丁御史禀报，城内只有七天的存粮了；都司也急急来报，箭羽礌石所剩无几。丁御史与王知府一时张惶失措，无计可施，只好求助于神灵，亲率全城文武官员到城隍庙膜拜，祈求菩萨显灵保佑，早日退去围城之兵。

但求神也没有用，义军不但没有退去，反而加紧攻城，急得丁御史整天坐立不安，连连仰天长叹。

正在危急之时，延平府一位同知邓洪献上一计："邓茂七占领了许多地盘，兵力必定分散；将领又多是沙县人，恋土情结想必浓厚。可偷袭其沙县老家，必能令其军心动摇，这叫'围魏救赵'。"丁御史一听，觉得此计虽妙，但延平城中已无兵力可以前去偷袭，如是奈何？邓洪又出奇招，说是蒋福成攻陷尤溪县城时，该县县丞与巡检带着许多兵马退到大山中；他自己是尤溪人，有许多故友都是衙役，可前去招抚他们，发奇兵偷袭沙县。丁御史与王知府连声称妙，邓洪便趁天黑偷偷出城，赶往尤溪去了。

这边铲平王的部队又连续几日攻城，但依然没办法破城。正愁眉不展时，忽报沙县有紧急军情送来。邓茂七急忙拆信一看，大叫不好，立即下令回师救援沙县。原来，邓洪收编了二千多人马，扬言是省里派来的大军的前部，直奔沙县攻城。沙县守城将领一面死守城关，一面派快马飞报铲平王。邓茂七接到信如何不急，沙县是义军的根据地，是许多义军将领的家乡；沙县的父老乡亲对义军情深似海，如何能坐视不管？但军师黄宗富坚决反对撤围城之兵去救沙县，原因是：如今延平城中越发空虚，外援未至，真是天赐良机，再围攻几日，定可一鼓作气攻破它。而此时若放弃延平城，今后再来攻打就难了。

但邓茂七与沙县籍的义军将领都救父老心切，谁也不听军师之言，坚决要回师救援沙县。

军师仰天感叹了一声："天意呀！"他隐约感到，邓茂七已不是先前的邓茂七，专横独断的本性渐渐显露出来，如果继续发展下去，义军的前途堪忧哇！

但他无力回天，邓茂七不再听他的话，断然回师驰援沙县。

延平城解围了，丁御史知道是邓洪的计策发生了效力，喜欢不尽，当然他也不敢派兵去追击义军，只是加紧巩固城池，并派人前往建宁府（即今建瓯市）请调粮草兵马，加强延平城的防卫力量。

义军赶回沙县，果见邓洪的两千杂牌军还在攻城，义军发一声喊，铺天盖地冲杀过去。邓洪收编来的那些乌合之众哪是义军的对手，一触即溃，被义军杀得尸横遍野，剩下的没命逃跑。

邓洪知道邓茂七率军回师沙县，他的目的已经达到了，只想赶快离开，回延平府请功领奖去，因此也不恋战，夺路往延平方向跑去。

张留孙与陈敬德一见，分别从两侧包抄过去。但见一颗飞弹在阳光下发出亮光，疾速射向邓洪的战马。那马头顶上被猛烈一击，负疼一声长嘶，立起前蹄，将邓洪掀下马背。张留孙正好赶到面前，一铁棒砸下去，便把邓洪的脑袋瓜打扁了。这个一心想献奇策立奇功升官发财的年轻将官，聪明反被聪明误，功劳未捞到，先见阎王爷去了。

沙县的百姓见铲平王亲率大军回师救援，解了沙县之围，更加感激他，纷纷前来慰问义军，那情景真是太感动人了。

看到乡亲们赞颂义军功德，邓茂七越发感到回师沙县是做对了，如果听了军师的话，此时沙县的父老乡亲又会在官兵的铁蹄下呻吟了。从此，他渐渐不爱与军师在一起，凡事自己拿主张，也不大问军师。

义军进入沙县城后，大摆酒宴，庆贺杀死邓洪，杀退围城官兵。

　　当邓茂七回师解救沙县之围时，邓伯孙一马当先，杀入邓洪军中，直杀得明军落花流水。在追歼邓洪余部时，伯孙巧遇一位武功高强、端庄美丽的巾帼英杰廖玲玉，两人一见钟情，相互倾慕。经过一番曲折之后，有情人终成眷属。邓茂七身边没有更多的亲人，只有邓彩云与伯孙两人，因此，他把伯孙的婚礼操办得体面隆重。伯孙的婚礼是在陈山寨举行的，义军将领都上山喝喜酒去，一直热闹了好几天。

　　这位廖玲玉不但武艺出众，而且知书达礼，自从与伯孙成亲之后，每日必督促伯孙熟读兵书，勤练遣兵布阵之法。有时夫妻俩一起练剑，对伯孙的剑法加以指点，令伯孙的武艺大有精进。在起义军与明军的多次战斗中，廖玲玉英勇善战，屡建奇功，因此被称为起义军中的"女将军"。邓茂七看在眼里，喜在心上，加上近日没有大规模的战事，便成天与众将领饮酒作乐。

　　丁御史探听到邓茂七整日大摆筵席，心想：这反贼胸无大志，丢下军事要地延平，却救了一个小小沙县，有什么可庆贺的？但反贼不除，终是后患无穷。于是，就派御史张海率领四千人马，再度偷袭沙县城。

　　此时已是农历七月初，天气十分炎热。官兵全身披挂赶路，厚实的盔甲又不透气，更是热得汗流浃背，气喘如牛。

到了延平与沙县交界的地方，山路夹窄，四千官兵像一条长线一样弯弯曲曲绕着山道转。突然，前方一声炮响，官兵马上被切成三段，无数义军从山下冲下来，杀得官兵人仰马翻。

张海御史见势不妙，急忙杀开一条血路，往回逃跑。陈敬德见到，迅速挥手打出一弹，正中脑门，张海一命呜呼了。

张留孙和邓彩云各带兵马围住官兵厮杀，赶得官兵满山遍野逃命。陈敬德提着御史张海的人头，带头喊话，官兵们看到御史已死，就纷纷举手投降。除了被消灭的数百官兵外，其余三千多人都被义军押往沙县交给铲平王处理，愿留下当义军的留下，不愿留下的就发给盘缠回乡。

从此，通过这些回乡官兵一传十、十传百，铲平王杀富济贫、义重如山的名声就越传越远了。

第五章　南征北战　攻州夺县

　　经过延平城攻坚战役后，铲平王邓茂七改变了战略战术，他认为攻取几个大城池耗尽心机，像打延平城那样，攻打了半个多月，死伤了好多弟兄，最后也没有攻下来，这样拼消耗战实在不划算。不如多打下一些小县城，占领更多的地盘，铲除更多的贪官污吏，解救民众于水火之中，这样老百姓就更会拥护义军，势力必定更加雄壮。待八闽大地上的小县城基本占领后，再集中兵力攻打大城池，克延平，占福州，统领闽省。这种想法固然不错，但他忽略了重要的一点：官兵大部分驻扎在八府（昔时福建分上四府、下四府）府地，而这些府地城池都非常坚固，义军难以攻取。义军转为攻占小城池，虽然占领得多，但没有建立稳固的根据地，只要主力一走，这些小城池很快又会被官兵夺回，那不等于没占领一样。况且，这种边打边走的战略战术，又有点像流寇的做法，根本就不像具有雄图大略欲创立基业的王者之风。这种战略成为义军发展上的导向性错误，加上邓茂七称王后刚愎自用，不肯听取逆耳忠言，为后来这场轰轰烈烈的农民起义运动归于失败伏下了祸根。

因此，当义军回师沙县后，邓茂七就开始筹划攻打闽南各地的军事计划。正好，探子来报，朝廷派刘聚、张楷率兵前来征讨，大军已过金陵城，不多时日就可能到达江浙，逼近闽省。

军师黄宗富闻报，献上一策：立即派兵攻占建阳城，扼住入闽咽喉之地，并与活动在闽浙赣边境的矿工起义领袖叶宗留联络，请他们守住武夷山各关隘，如崇安的分水关、浦城的枫岭关、光泽的杉关等军事要地，协同抵抗南来官兵。同时，再次发兵攻取延平城，以作义军开创王业之根基。因为经过上一次战役，延平城更空虚了，防御力量一定更弱了，正可趁势一鼓作气攻下它，作为义军的大本营。

但邓茂七已经有了多攻小县多占地盘少打大城池的想法，因此只采纳军师的一半主张，即攻占建阳县并与叶宗留义军联络，而不愿再度兴兵攻打延平城。

第二天，铲平王就派出都督陈敬德率领张留孙、邓伯孙、黄谨、罗汝先等将军，领着五千人马，直奔建阳而去。同时派人联系叶宗留部，共同抗拒官兵。

建阳县地处武夷山南侧，这一带是叶宗留义军活动的地方，凡武夷山两侧的县城，几乎都被叶宗留攻占过，因此官兵们尝够了义军的利害，真是到了闻风丧胆的地步。如今，一听说铲平王的大军来攻打建阳县，本来就不多守军的县城乱成一团，官兵还没有与义军交锋就先作好逃跑的准备。所以，当陈敬德率领义军围城时，没攻打多久便破城而入，占领了这座可作为义军前哨的城池，并留下三千兵马，令总兵黄谨与罗汝先守卫建阳城，胜利班师回来了。

邓茂七闻报欣喜万分，也更加坚定了他攻取广大小县城、占领大片土地的决心。他向众将公开了自己的战略思想：先易后难，占领闽西、闽南广大地区，待与闽北连成一片后，再集中兵力攻取省城，控制八闽大地，成就王业。众将领一听，齐声欢呼起来，大家都受到铲平王的豪迈气概的感染，一发雄心勃勃，似乎推翻明王朝、建立义军自己的王业只是轻而易举的事。

军师黄宗富却反对铲平王的主张，坚持应该先取延平城作为义军根据地的战略，原因是延平居全省腹地，地扼八闽咽喉，不可不夺取而为义军根基。闽西闽南路遥数千里，必使义军分散兵力，以致遭官兵各个击破。但此时铲平王已不像以前那样，对军师的计谋言听计从，他开始显露出寡谋专断且胸怀狭窄的个性。因此，足智多谋的军师黄宗富的一些有远见的良策往往不被他所采纳。

铲平王趁秋高气爽之机，派总都督阎诗荣率三万精兵南征。出发的这一天，沙县水南大路上旌旗遮天蔽日，人喊马嘶，尘头大起。滚滚的烟尘好似一条黄龙尾随着义军向南飞去。

再说刘聚和张楷带着五千官兵，以筹措军需为名，向沿途各省、府敲诈银两，中饱私囊，因此走走停停，从初夏出兵直至 9 月上旬，方才到达浙江杭州府。杭州知府王宾热情接待他们，但请求他们先灭了叶宗留起义军，再南下征剿邓茂七。刘聚满口应承，趁机又叫王宾知府出军饷，王知府当然只有放血的份儿了，刘聚又发了一笔不小的财。

俗话说，得人钱财，替人消灾。刘聚收下王知府的许多军饷，当然也得做做样子，反正入闽也要经过叶宗留起义军的防地，不妨顺手牵羊打两下子。因此，大军到达浙江常山县时，探知守卫枫岭关一带的矿军常在百里之内游击，刘聚便命先头部队如遇到小股矿军，可以击灭。

果然，第二天就与一股矿军遭遇了。官兵依仗人多，想一口吞掉矿军。哪想到矿军英勇善战，以小小许胜多多许，仅几十名骑兵却杀得官兵落花流水，丢下几十具尸体狼狈溃逃。

刘聚尝到矿军的利害后，不敢托大了，也不敢从枫岭关入闽，就转道江西，想从崇安分水关入闽。谁想分水关也是叶宗留部把守，因邓茂七与叶宗留有过结盟，且叶宗留是个胸怀坦荡之人，接到邓茂七请他阻击南下官兵的书信后，立即加强了各个入闽关口的防守力量，单等官兵前来送死。

在闽赣边界一处叫车盘岭的地方，官兵与矿军发生了遭遇战。矿军十分勇猛，只一仗便杀死官兵一千多人马，都督陈荣阵亡。张楷是个书生，早吓得六神无主；刘聚也是胆战心惊，三十六计走为上策，趁矿军追击官兵时关口上兵力少，急忙夺关而过，带着三千多残兵败将，躲进崇安城。

崇安县境内有秀丽无比的武夷山，世称"武夷山水甲东南"，是个仙境般的所在。张楷见了武夷山，又起游览风景之心，刘聚也怕起义军的利害，因此进驻崇安几天了，也不提进兵之事。这可急坏了都督刘得新——他倒是个胸怀大志之人，常常痛恨那些身居高位却不为国家尽力、不以社稷为重的误国奸臣，因此非常瞧不起刘聚、张楷这等贪生怕死而又掌握军机大权之流，于是自愿领二千兵马，先去攻打建阳城。

守卫建阳城的义军将领黄谨和罗汝先手下共有三千人马，加上铲平王得悉刘聚率军入闽后又增派李明将军率兵二千驰援，因此，要对付刘得新的二千官兵绰绰有余。但早已充当奸细的罗汝先却搬弄是非，有心要将建阳城献给明军。他邀黄谨总兵到密室饮酒，待酒酣耳热之际，便行挑拨离间之能事，说："黄总兵，铲平王疑您了。"

黄总兵一听吓了一跳，急忙问道："何以见得？"

罗汝先故意神秘兮兮地说："您想想，咱们的三千精兵守卫建阳城池，要对付二千官兵还不容易，大王为什么还要派李将军率兵来援，这不明显是对您的不信任？"

黄谨笑道："原来罗将军虑及于此，这就多疑了。建阳乃义军之门户，自当多派兵马守卫才对。"

罗汝先连连摇头道："非也，黄总兵原本也是朝廷命官，只因一时气愤，投了义军，终是外人。而李将军是与大王一道起义的把兄弟，大王自然信得过他。此番领兵来此，只怕驰援是假，监视您是真。"

黄谨默然，想想也对，自己终是投靠铲平王的外人，哪里比得上与大王一道喝血酒结盟起义的兄弟。于是不再说话，大杯大杯地喝闷酒。

罗汝先见打动了黄总兵的心，暗自高兴。他何时何地不在想搞垮义军，好向朝廷献功。他善于察言观色，对铲平王的刚愎自用、胸怀狭窄他好高兴，因此时常在铲平王面前拍马屁。他最怕铲平王身边的三个人物：足智多谋的军师黄宗富、具有统领三军之才的总都督阎诗荣和巾帼英杰邓彩云。他想方设法制造军师与邓彩云的流言蜚语，说是当时攻打汀州府军师受了伤，邓彩云悉心照料，日久生情，两人做下苟且之事。又鼓动一些不明真相的人四处乱传，弄得铲平王都对亲妹子和义弟兼军师产生怀疑，因此渐渐对军师的计策不那么重视，也逐渐疏远了军师。一箭双雕，他最惧怕的三个人中，一下子解决了两个。正好，铲平王又派阎诗荣领兵攻取闽西闽南各地，又一个眼中钉暂时拔除了。此时官兵大军压境，正是搞垮义军的好机会。因此他不遗余力地挑拨黄谨与李明的矛盾，说李将军是来监视黄总兵的。

这建阳城四周围绕着一条河流，河深水急，只有一两处浅滩可以过河。李明自告奋勇愿领兵守住城外的大桥，并请黄总兵守卫两处浅滩，官兵就插翅也难过河了。这无疑是极好的办法，无奈黄总兵已听进罗汝先的话，反而认为这样做是李将军要借铲平王的威势来指挥他这个守城总兵，并有意要抢功劳。于是，待李明率兵去守大桥后，只随意派两小队兵士去浅滩处巡逻外，别无大的动作。

刘得新早知道义军中有内应，便派人暗中联络上。罗汝先故意将在浅滩旁巡逻的兵士支开，引官兵渡河，前后夹攻守大桥的李明。李明兵败，退回城中，请黄总兵立即发兵击退还在过河的官兵。罗汝先在李明未退回城之时就一再鼓动黄谨趁此机会反出义军，投靠朝廷，必是前途远大，说得黄谨也动了心。当看到李明兵败入城时，罗汝先又不由分说就将李明绑出衙门斩首，并威胁黄谨说，铲平王的把兄弟都在建阳城死了，他还会轻饶您吗？一不做，二不休，干脆大开城门迎接官兵入城。说完，举起黄谨的银枪往自己手臂上狠刺一枪，然后叫黄谨的亲兵追赶一阵。他做这一切时，不让自己的三百亲兵知道，而当黄谨追赶时，就带这三百亲兵逃往沙县，做得神不知鬼不觉。建阳城就此失陷了，李明带去的两千义军几乎损失殆尽，原来守建阳城的三千义军都随黄谨投降官军了。刘得新领兵进城后，安抚黄谨，并向刘聚报捷，移军进入建宁府驻扎，连黄谨也带到建宁府，削了兵权，当个闲人，等候朝廷封赏。

罗汝先故意撞撞跌跌，一路赶回沙县，向铲平王哭诉，说是黄谨如何忘恩负义，背叛义军；自己如何苦劝无效，被刺伤后坚持归来找大王等。邓茂七被他的假象所迷惑，平时又听惯了他的顺耳之言，认为他已两次冒死回到义军中，确实是最忠心之人，愈加爱惜他，以后对他的话就更感兴趣了。

再说黄谨反叛，对铲平王是个不小的打击，不仅使义军"门户"失守，影响全局，而且还损失了五千多人马。铲平王对黄谨直恨得想剥他的皮，吃他的肉。此时，刘聚、张楷率领入闽官兵进驻建宁府，这些官兵吃拿卡要惯了，一到建宁府，见这里商贾云集，民阜物丰，五千官兵欣喜若狂，整天逛勾栏院，出入酒馆，白吃白拿白睡。刘聚对此也不约束，也不想进军"围剿"邓茂七，只管勒索钱财，叫地方官派捐派款，建宁府的市民每人都得出一两银子；小商贩每户都要交十石粮食。限期一到不交钱粮的就抓起来关进大牢，九死一生。因此闹得建宁府鸡飞狗跳，怨声载道，老百姓处在水深火热之中。有几位年长的人就暗自商量：与其被如狼似虎的官兵砍头，倒不如请铲平王来解救民众倒悬之苦。听说铲平王的部队爱护老百姓，每攻下一座县城，就开仓放粮赈济贫民，全不似这些官兵，只知道盘剥百姓。于是，众人推举3位德高望重之人，偷偷出城，直奔沙县而来，面请铲平王出兵攻打建宁府。

铲平王正为黄谨叛变一事气恼，听说他龟缩在建宁府，就想攻打建宁府，活抓黄谨。因为据探马来报，建宁府兵力不多，左、右卫两个行都司合起来才有八千人马，刘聚带来的五千人马在车盘岭已被叶宗留义军歼灭了近两千人，剩下三千左右来到建宁。加上黄谨带三千人投降，也才六千人，其中有三千人由刘得新率领驻扎建阳县，以防叶宗留部袭击。因此，只有万余官兵守建宁府。正好建宁的父老又来请求出兵，便下令挑选精兵2万，率数十名将领，于十一月初五出征建宁府，留军师黄宗富与罗汝先守沙县城。

罗汝先急忙向建宁府张楷监军送去密信，刘聚马上与建宁知府张瑛等商议，又派人知会建阳守将刘得新领兵前来助战。

铲平王率领两万精兵疾进，不一日就抵达建宁府城郊安下营寨。他丝毫也瞧不起守城的一万官兵，那些都是只会寻欢作乐、欺压百姓的草包兵，根本不在话下。将领们也都怀着必胜的信心，谁也不怕区区一万官兵。但邓彩云心细，劝铲平王小心，据说这里冬季迷雾漫天，五步之内都分辨不出物体。铲平王一听不禁哈哈一笑："小妹你忘了俺们是从锣钹顶大山下来的，那里的雾也不差吧？"

邓彩云一想也对，咱们雾里来雾里去，难道还怕这里的雾不成？于是当夜大家提高警惕，以防官兵趁义军长途跋涉疲惫之际连夜偷袭。

一夜无事，大家都认为官兵肯定被义军的声威吓倒了，哪敢出来袭击。大家正准备吃饱早餐，再大举攻城。

这时，浓雾铺天盖地弥漫而来，而且久久不肯散去。锣钹顶陈山寨的雾，是一会儿飘来一会儿又散尽，与建宁的大雾完全不同。邓茂七见状暗想不好，正准备下令严守营寨时，突然四周响起连珠炮，官兵分三路冲杀进来。而义军眼前尽是弥天大雾，哪看得清谁是敌人、谁是自己人，无法冲杀，就只有挨打的份儿。

建宁府守军早有准备，每人系一条红巾，红彤彤的色彩在白雾中隐约可见，便不怕杀错自家人了。因此，尽管义军有两万精兵，却毫无施展的余地，只听得四周喊杀声震天，却不知该杀向何方？各将领之间也失去了联络，无法同步作战，一时阵势大乱。

邓彩云关心兄长，率领一千名娘子军，凭着记忆冲到中军帐来保护铲平王。大家一边杀退官兵，一边往后退走。邓茂七想：迷雾中要派亲兵通知各位将领也不好找，况且四处都是冲杀的官兵，不知往哪个方向找人。

但锣声大家都听得到，就以锣声来指挥部队撤退。于是，"哐哐——哐哐哐"的有节奏的锣声响起来了，各位将领听到锣声，也令人敲起锣来。义军们一听到锣声，都往锣的方向聚集。铲平王的锣声是往东南方向响去的，众军知道这是撤退的暗号，也往东南方退去。

大约退后有三十里路，迷雾才渐渐稀薄了一点。这时，铲平王清点了一下人马，有几位参将战死了，义军损失了一半人马，剩下的一万人马也都疲惫不堪。这次出师不利对义军打击很大，再想攻建宁城是不可能的了，只好先退回沙县再做计议。

义军刚刚受创回到沙县，又传来了一个不好的消息：浙江矿工起义领袖叶宗留在一次与官兵的激战中，不幸被炮火击中身亡。现矿工义军由他的兄弟叶希八率领，继续坚持反抗斗争。铲平王当时虽然对叶宗留不来投奔自己麾下，而是独树一帜与自己结盟抱有成见，但突然听到他的死讯，不免伤情，加上新近攻打建宁城失利，心中不禁涌起一股悲凉。特别是刚回到沙县，留守沙县的将领罗汝先就来禀报：这些天他与军师黄宗富经常一道喝酒，军师酒后吐真言，对铲平王专断独横甚是不满云云。邓茂七听后更是心烦意乱，自己最亲密的兄弟，一道拉起队伍出生入死起反的军师，如今竟与自己主张不一，处处话不投机。还有上次流传义军中的那段关于军师与邓彩云妹子的流言，莫非也是真得不成？这可是大悖伦理的丑事，堂堂铲平王的亲妹子，却与义军中数一数二的人物——大军师做起苟且之事，那我铲平王的面子还往哪儿搁？

邓茂七真的好苦恼，一个是自己最亲密的战友加兄弟，一个是与自己同甘共苦的亲妹子，如今意见相左，俗话说，道不同不相与谋，今后还能与军师共事吗？可是，将军师赶走或一刀杀了，他都做不出来。毕竟曾经是情同手足的兄弟，我铲平王不能做无情无义之事。而且这样做会在义军中产生极其不良的影响，人家会说我铲平王连结义的兄弟都容不得，还会有人与我一道打天下吗？最后，他采用了冷处理的办法，将军师派往陈山寨镇守大本营，免得在眼前生厌。

处理完攻打建宁府阵亡将士的抚恤事宜，铲平王的心情渐渐有所开朗和好转，就整日与罗汝先喝酒。他越来越觉得以前小看了这位罗将军了，他是那样的精明能干，善解人意，又是那样忠心耿耿，确实是一位难得的将领。将军师与妹子邓彩云远远分开，不让他们有见面的机会，铲平王的这种做法，也是采纳了罗汝先的建议。军师刚被调往老营守寨没几天，邓茂七就接到南征的陈敬德送来的捷报，说是义军占领连城、龙岩数县后，又连克南靖、长泰，进逼漳州府。铲平王闻报十分高兴，趁机又派邓彩云去南征军中犒劳三军，并协助陈敬德定闽南。

罗汝先听到这个消息暗自高兴，他最惧怕铲平王身边的三个人，现在都被分散开来，这就有利于他找机会搞垮义军了。

其实，罗汝先这个内奸潜伏在义军中这么久了，并非没有一点痕迹露出来。如攻打建宁城失利，后来也查出是有内奸事先暗送情报给官兵的。军师和邓彩云早就对罗汝先有怀疑，但又拿不出证据来。铲平王近来又特别信任他，经常与他一道饮酒下棋，在没有掌握真凭实据之前，是不能将这种怀疑告诉铲平王的。

因此，军师黄宗富被调往陈山寨守老营时，就想到要将暗察内奸的重要事情交给可靠的人执行。他想来想去，唯有交待邓伯孙，虽然他太年轻点，但总是铲平王的亲侄儿，会尽心尽力的。

正巧邓彩云也要派往南征军中，临行前也将此事交待伯孙。伯孙听了军师和姑姑的话，不免大吃一惊：义军中出了内奸，那还了得，堡垒是最容易从内部攻破的，不早日清除内奸，义军永无宁日。因此，他开始时时注意罗汝先的行动，并调查他以往的经历。

俗话说，没有不透风的墙。邓伯孙调查内奸的事，很快就传到罗汝先的耳朵里。他是做贼心虚，白天也怕遇见鬼，一听说铲平王的侄儿开始查他的事，不由吓得心惊肉颤，想尽快找机会害了铲平王，以便早日离开这是非之地。

自从军师黄宗富被派往老营守寨后，义军众将领都有些不服，认为这样做太不公平，对义军起反中屡献奇策破敌的军师打入"冷宫"不近情理。因此大家都有不满情绪，也不经常来找铲平王聊天。倒是罗汝先趁机而入，看到铲平王常常一人独喝闷酒，便常来陪伴他，说些宽慰的话，使铲平王心情好一些。这样一来二往，铲平王就把罗汝先视为知己了，两人到了无事不谈的地步。

铲平王派遣的南征军分为两路同时进军，一路由陈敬德率领，攻占连城、龙岩、南靖、长泰、漳浦后，进逼漳州府；另一路由阎诗荣率"小老虎"罗丕等猛将打下德化、仙游、永春、安溪后，直捣泉州府，杀死顽抗的泉州知府熊尚初，占领了泉州古城。而后又攻占同安县，并乘风破浪抵达浯州岛（今金门岛）。两路南征军基本上占领了闽南大部和闽西的不少地盘，加上闽北许多县城掌握在义军手中，确实八闽已为之震动了。

铲平王接到各处报捷，高兴万分，又是雄心勃勃。他想趁机进一步执行义军既定的战略方针："取延平、塞二关、据八闽。"他心中充满豪情，带着几位亲兵，策马登上屯军山（原名淘金山，因此山是沙县城关的屏障，邓茂七设了一个分寨，派五千义军屯驻山上，一面控制沙县的制高点，一面囤积粮草以备军需。从此人们就称此屯军山，至今山顶还有将军寨和古寨墙景观）。他站在高高的屯军山将军寨前，俯瞰苍茫林海中的沙县大地，处处充满生机。雾霭迷蒙中的吕峰山在群山中显得分外巍峨壮丽，那是他和起义军的根据地陈山寨的左侧高峰，与老营成掎角之势呀！而山下的沙县城关屋宇房舍历历在目，李纲路傍着蜿蜒的虬江，两侧建有整齐而古色古香的楼房庭院，那是商贾云集的繁荣地段。由宋代爱国名相李纲命名的"十里平流""七峰叠翠"等"沙阳八景"，更展示出美丽动人的娇姿。沙县自古以来积淀的深厚民族文化和钟灵毓秀的山川水土养育了一代又一代名人，使他们在历史上如群星璀璨，光耀千秋。邓光布将军的故事在沙县可说是家喻户晓；罗从彦卖田求学而终成理学大家的事迹激奋人心；少年有奇才的邓肃、医学家兼诗词家张致远和同代的著名宫廷画家边景昭等，都在人生的旅途上树起一座座巍巍的丰碑，也在历史上留下一串闪光的脚印。难道我邓茂七就不能为沙县这片养育自己的土地增添一丝光亮、一片霞彩？

这时已是正统十四年二月，初春的阳光暖洋洋地照射着苍茫山水，阳光下闪发金光的虬江奔腾东流，带着一股大山的伟岸与野性奔向闽江，奔向大海，就像他铲平王的大军，必将带着天下穷苦百姓的仇恨，带着已经熊熊燃起于八闽大地上的推翻黑暗统治阶级的怒火，奔杀向统治阶级的中心——省会、京都，铲尽天下不平，杀尽贪官污吏，让老百姓耕者有其田，丰衣足食，安居乐业。

铲平王被眼前的美丽景色陶醉了，顿时豪情万丈，顺口吟出了"小楹琴心展，长缨剑胆舒"的气壮山河的诗句。他的眼前，展现出一幅八闽大地飘扬着铲平王大旗的壮观景象，千百万农民兄弟喜笑颜开，欢呼着，跳跃着，庆祝义军取得辉煌的胜利。

他高高举起利剑，向前劈去，剑光闪处，轰隆一声，一棵巨大的松树应声而倒。

屯军山上响起一阵经久不息的欢呼声。

第六章　血染沙场　气贯长虹

　　邓茂七从屯军山回县城的途中，看见山坡上有许多村姑和小孩子正在采蕨、寻鲜嫩的艾草。沙县人有吃"艾果""艾糍"并祭奠太保公的风俗。这才使邓茂七猛然想起明天就是二月初五，是起义一周年的日子。去年的这个时候，义军还只有区区数百之众，所占据的也只有陈山寨一小块地盘。而今义军已拥有十万之众，且攻取了闽北、闽西、闽南的二十多个县，同时得到广大民众的拥护与支持。真是得民心者得天下也，我邓茂七只要坚持高举"铲尽天下不平"的大旗，坚持为穷苦百姓谋利益，就一定能得民心、得天下。

他一路想着想着，不觉已进入沙县城内。但见李纲路繁华之所人头攒动，热闹非凡。这里山珍海味、土特产品、金银细软、丝绸布匹应有尽有，真是应了民间流传的"金沙县"的谣儿。

忽然，不知哪个眼尖的叫了一声："你们快看，铲平王来啦！"整条街刚才还是沸沸扬扬的，这时一下子安静下来，人们纷纷停下手中的交易，中断了激烈的讨价还价的争论，用感激的目光注视着骑在高头大马上的气宇轩昂的铲平王。这一年来，沙县没有官府的苛捐杂税和土豪劣绅的敲诈剥削，人人自由平等，户户耕有其田，五谷丰登，商业兴旺发展，城乡人民都能安居乐业。这一切变化都是几朝几代未曾遇到的，人们能不感激铲平王吗？他们只有全力支持铲平王打天下，衷心祝福铲平王早日建立王业，为天下穷苦百姓带来长长久久的幸福生活。

邓茂七读懂了人们的眼光，读懂了人们的心，他双手抱拳，团团作揖，频频向人们致意。人们欢呼起来：

"铲平王万岁，万万岁！"

邓茂七浑身热血沸腾，这是多么勤劳善良的人民哪！哪朝哪代的王业，不是建立在以广大人民为坚强后盾的基础上？可那些执政者一旦统治了天下，却完全忘记了基业的后盾，反而变本加厉地向人民索取，以满足他们的权力和享受欲望。这是为什么？为什么？我铲平王就是要铲除天下不平等的一切，还百姓以自由和幸福。

他回到县衙后，立即发令为庆祝起义一周年，明日全城放花灯，演沙县传统的肩膀戏，与民同乐。沿李纲路大摆风味小吃一条街，凡全城百姓和进城观花灯的人，都免费招待，让他们饱尝沙县颇具特色的风味小吃。沙县的风味小吃品种繁多，诸如板鸭、熏鸭、焖酒鸡、豆腐干、烧卖、芋饺、馄饨、米冻、金包银、泥鳅粉丝等足有百把个种类，风味各异，配上沙县佳酿冬酒，样样菜肴清醇香甜，酸辣可口，真个是美食的世界。因此，沙县风味小吃美名远扬，直至数百年后的今天，沙县风味小吃不但没有降低它的深厚文化内涵，而且更加发扬光大，成为沙县经济发展的一项支柱产业，为当地人民带来滚滚财源。

　　二月初五这一天，义军全部放假，让大家都去品尝风味小吃，去看花灯、逛大街。但有一条严格的军纪：发现谁玩弄民间女子，或敲诈勒索百姓，立斩不饶。但义军却没有禁赌，玩玩钱还是可以的。

　　铲平王自然不会忘记出征在外的将士们，派出特使前往各地劳军。

　　这一天沙县城中灯红酒绿，笙歌处处，商贾富户门前也都悬挂五彩缤纷的彩灯，府前路设立灯谜竞猜一条街。满城四处彩旗飞飘，大街小巷人山人海，欢声笑语，比过传统的春节和元宵闹花灯还要热闹。城里人、乡下人、外地人，都沉浸在欢乐与幸福之中，与义军一道美美品尝了沙县风味小吃，又欣赏民俗节目舞龙、舞鱼灯、踩高跷、肩膀戏等。

　　铲平王更是兴奋异常，大摆酒宴，邀请参将以上将领和城中商会及德高望重的人物举杯畅饮。众将领都兴高采烈，唯独罗汝先一反常态，既不大杯喝酒也不大口吃菜，总是用一种莫测高深的目光东瞧西看，显得心神不宁。

　　原来，他昨夜接到延平府丁宣御史派人送来的密信，要他极力怂恿铲平王去攻打延平城，以便埋伏重兵一举歼灭义军。可眼下自己正受到义军的怀疑，该怎样婉转地提出攻打延平城的建议才不会引起人们的疑虑？才能达到丁御史的战略目标呢？他正在苦苦思索。

这事要从去年底说起，由于铲平王的南征军连克泉州、漳州、兴化三府十余县，八闽各地的失守与告急文书雪片般飞到福建巡按御史汪澄的案头。这汪御史原本就没多大能耐，只是王振乱点鸳鸯谱，他也就糊里糊涂地当上了福建巡按御史。他本来将希望寄托在丁宣和刘聚身上，不管是招抚成功还是朝廷大兵"剿灭"邓茂七，对他这位福建巡按御史都是天大的好事。但事与愿违，丁御史差点守不住延平城，刘聚、张楷的天兵畏惧义军，到了建宁府却再也不敢与义军交锋了。他脑袋瓜灵机一动：闽南告急，另指望刘聚帮忙。但江西、浙江两省也遭叶宗留矿军之害，何不联络两省巡按与自己联衔进表，求朝廷再发重兵"剿灭"起义军。于是他也不和宋彰商议，就派出特使星夜驰往江西、浙江。这两省确实也被矿军搞得无可奈何，叶希八继承了叶宗留的遗志，率领矿军驰骋闽浙赣边界地区，东征西讨，攻州夺县，杀死大量官兵。浙江的龙泉、云和、武义、金华，江西的铅山、永丰，福建的崇安、浦城等广大地区，都是叶希八的活动地盘。因此，汪澄的特使一说明来意，两省巡按立即参与进表行动，把军情说得严重十分，告急奏章用快马送往京城。

快马赶到北京皇城时，已是元宵节，那大奸臣王振这几日在家大摆酒席，宴请朝中与他臭味相投的文武大臣。本来英宗皇帝只图淫乐，很少上朝，有时一连几个月不曾上一天朝，也不管国家大事。所有的军政要事奏章都是王振处理，只择要紧的几个奏章让皇上看看。可这几日王振在家大宴群臣，也没来处理奏章，英宗今晚正与众后妃畅饮节宴，兴头大起又闲着没事，便把王振这几日未曾批阅的奏章拿一叠来看看，刚巧其中就有一份闽浙赣三省巡按联衔奏请剿贼的奏章。英宗一看怒气冲冲，立即将王振宣进宫，责骂了一通，并要定刘聚、张楷劳师无功之罪名，吓得王振遍体冷汗。英宗又钦点宁阳侯陈懋为总兵官，佩征南将军印。其他副总兵、监军由王振选精干之人出任。

王振领旨，急请宁阳侯商议出兵事宜，拟定了一个庞大的征南大军阵容：总兵官、征南将军宁阳侯陈懋；副总兵官保定伯梁瑶、平江伯陈豫、崇信伯费钊；都督范熊、都督金事董兴为左右翼总兵；太监曹吉祥和陈梧为监军；刑部尚书金濂为参赞军务。监察御史丁宣等剿贼有功者记功。所率兵马有：京军2万、江浙漕运军2.7万、南京马军2000，计有兵马4.9万人，随带神机炮营征讨，限半月时间赶到福建剿贼。同时下一责诏，对责令刘聚、张楷"再不用心，必杀不宥"。

刘聚与张楷接到圣谕后，脸都吓白了，急忙把守建阳的刘得新召来商议进军之策。最后由刘得新出奇计，设下埋伏，诱邓茂七前来攻打延平城，一举歼灭邓军。因此，丁宣急修密信送给罗汝先，要他无论如何也要骗邓茂七率兵来攻延平。

铲平王今日正在兴头上，一是起义一周年，二是两路南征军节节胜利，极大地鼓舞了他的斗志。众将也一样心情舒畅，一个个喝得满脸红光，并大谈据八闽后义军向何方的远大理想与抱负。

罗汝先当然也在酒宴之上寻找时机，他见将领们兴高采烈，认为趁大家兴奋的头上点燃一把火是最不会引人注意的，甚至可能达到事半功倍的效果。于是，他举起酒杯走到铲平王面前，先说几句恭维和祝贺之类的好话后，话锋一转，说道："咱们的两路南征大军捷报频传，使我们既高兴又惭愧，咱们真该好好打他个漂亮仗啊！"

铲平王的脸"刷"的一下黑了下来，默默想道：是呀，南征大军不断取得胜利，而我铲平王身边几万兵马却连一个建宁府也没打进去，不是显得太窝囊吗？众将领听了罗汝先的话，也都豪情万丈，心高志远，纷纷向铲平王请战。

看到众将情绪高昂，铲平王心中也动了，便问道："众将军以为该如何用兵？"张留孙第一个嚷嚷起来："打到北边去，与叶家矿军联手歼灭南来的官兵，再杀到京城去活抓王振和朱皇帝。"

邓茂七不想与叶家矿军联合拒敌，对此建议摇头表示反对。罗依林也提出先与叶家军联手赶跑了征南官兵再说，他的话还没讲完，就听罗汝先高声说："征南官兵有什么可怕，刘聚与张楷的大军几个月来敢碰咱们吗？这次征南大军有叶家军挡着，何必我们劳师动众去联手。倒是我们应执行既定的战略方针：取延平为王业根基，然后直捣福州，与闽南闽西连成一片，再取闽东就易如反掌了。"

铲平王本不想再打攻坚战，因为打硬仗损失太大，上次打延平城就是一个教训。但罗将军的话也合情合理，放着眼皮底下的延平城不打，难道还要跑远路去攻打建宁与汀州城吗？而且要成就大事业，确实也应该建立稳固的根业，否则一路打一路走，那不成了流寇吗？

众将领的心也都被罗汝先说活了，铲平王的眉头也舒展开来。罗汝先一看机不可失，又使了一个激将法，说："延平城虽然凭借天险易守难攻，但咱们的阎总都督连大海都征服了，占领了浯州岛，难道咱们就会被延平城下一条剑溪吓倒吗？"

这几句话就像一团火药在众将领心中爆炸，激起满腔豪气，连铲平王心中也像被猛烈撞击了一下，此时大家又都是酒酣耳热之际，有几分飘飘然，便一致要求铲平王攻打延平城。

邓伯孙见罗汝先今日表现异常，满座都是他在夸夸其谈，酒宴散后特意向铲平王提醒，说军师有交待，罗汝先这人不可靠。邓茂七一听到"军师"二字就生厌，说他特别会疑神疑鬼的。邓伯孙见叔王不听，心急如焚，第二天一大早就赶往陈山寨找军师。黄宗富一听要去打延平，叫苦不迭，匆匆赶下山，力劝不可打延平城。

邓茂七不以为然，军师以往不是力主打下延平城为王业根基的吗？如今什么变卦了。黄宗富解释说："以前延平城兵力空虚，又无外援，如今守军增加，又有刘聚、张楷驻军建宁府，加上征南大军近五万人马克日就到，形势已经对义军大大不利，千万不可再打延平城了。"

邓茂七只是冷笑几声，认为军师是胆小怕事，秀才造反，三年不成嘛，官兵来得再多，又有什么可怕的，又不是没较量过。因此，他根本不听军师的苦劝，着手准备攻打延平城的事宜。

黄宗富只好仰天长叹："天意呀！"

罗汝先早已将情报送往延平府，丁宣立即亲自赶到建宁府，与刘聚等商议，调用所有兵马投入延平战役。建宁左右卫和延平卫的兵马计有1.3万、刘聚带来的兵马尚有3000多、江西与浙江各有五千兵马到达，这2.6万多兵马全埋伏在延平城外，单等邓茂七的兵马前来送死。

此时，征南大军的先头7000骑兵在陈懋总兵官的率领下，已抵达闽浙边界，但被叶希八的矿军打得落花流水，连"征南大将军"印也被矿军夺去。叶希八现已拥有4万多兵马，又骁勇善战，官兵对他无可奈何。叶希八马上派人向铲平王报捷，还盖上"征南大将军"的印。并再次提议铲平王率部北上，联手抗击征南大军。应该说这是个很好的主张，若铲平王采纳了，那么义军的发展形势就将大大不同。可惜邓茂七没有采纳叶希八的建议，只一心要去攻打延平城。

正统十四年二月二十二日，铲平王亲自率领2万大军、一百多位战将，分水陆两路浩浩荡荡杀向延平城。前部先锋邓伯孙到了后坪时，就遇到一支官兵拦路。为首的将军指名道姓要邓茂七出来应战，这可气恼了少将军邓伯孙，两人大战一场。当战到二十多个回合时，邓伯孙奋起神威，一刀斩了那将军，割下首级向铲平王报捷。邓茂七接到报捷，更相信官兵不过如此而已，军师真是书生，胆小如鼠，又疑神疑鬼。

当晚，铲平王率领的水陆大军都抵达延平水南九峰山下，便安营扎寨，准备第二日攻城。

率领水军的罗依林对铲平王说："水军船只太逼近敌城楼，须防火攻。"铲平王却不在意，只交待多备盾牌防箭石就是。

总兵林仔德也提醒铲平王须防敌军夜里劫营，邓茂七觉得有理，下令三军加强警戒，然而却是一夜平安，虚惊一场。

第二日用过早餐，铲平王正要下令开始攻城，却见江北万炮齐发，震天动地，打得南岸边集结的战船摇摇晃晃，有的被击中下沉了。同时无数带火的羽箭飞来，船只马上燃烧起来，义军们惊慌失措，纷纷落水或跳下江逃命。

邓茂七立即命亲兵传令，叫罗依林赶快将船只散开，督军向对岸冲锋，发动攻城。忽然身后又传来连珠炮声，一亲兵飞报说九峰山后冲出一支兵马。邓茂七"刷"的一下抽出宝刀，跃上枣骝马向前迎敌。众将也都摆开阵势，准备拼杀。

这时，官兵已至阵前，一领兵将军李信纵马来战。

铲平王喝道："谁人与我取下李信首级？"

邓伯孙昨日已胜了一场，今天更是精神抖擞，一拍战马冲向前去，挥刀大战李信。但那李信也不是省油的灯，两人战了二十多个回合，还不分胜负。一旁早已激怒了张留孙，大吼一声，挥着八十斤重的铁棒杀来。对方将军李恕接住大战，但只几个回合就抵挡不住猛虎般的张留孙的猛烈攻击，虚晃一枪，纵马就逃。李信见李恕逃走，也心虚了，拨转马头便跑。铲平王见状，下令追击，义军便铺天盖地涌向前去，与官兵杀成一团，喊杀声震撼着九峰山。

没追多远，前面又是一阵连珠炮响，一彪军冲杀出来，为首的将军叫道："都督刘得新在此，邓茂七休走！"那些往后逃的官兵也回过头杀来，双方展开一场血战，互有伤亡。

邓茂七知道刘得新英勇善战，不敢怠慢，亲自挥刀迎战，打了数个回合，不分胜负。张留孙早已提着大铁棒冲来，叫道："大王先退开，让小弟来收拾他。"绞住刘得新厮杀，但刘得新毫无惧色，越战越勇。

铲平王挂念着水师的安危，心想在此多磨时间无益，水陆两路应马上攻城才对。便拨转马头向后跑去。邓伯孙见，也领着一队亲兵跟来。到了水南一看，连声叫苦，那些战船不但没有冲过河去，反而被敌军炮火击沉过半，剑溪中漂浮着义军的尸体和旗帜。一小兵来报，罗依林都督中箭身亡。邓茂七悲伤不已，立即叫邓伯孙聚集所剩船只，退往后坪。他正想集中兵力从陆路发起攻城，忽闻九峰山上有个熟悉的声音在叫他："铲平王慢走，小将有话要说。"他抬头一看，这一惊非同小可，原来叫他的是罗汝先。只听罗汝先说："铲平王，我是官府派去义军中卧底的，你们被大军包围了，快快投降，可免一死。"

邓茂七这才恍然大悟，为什么水南埋伏这么多官兵，原来是这个内奸诱骗自己来攻延平城，暗中早通知官兵设下埋伏。他气得须发皆抖，大骂道："罗汝先，你这个狗娘养的短命仔！我悔不听军师之言，上你大当。今日非取你狗头不可！"说罢，狠抽几下枣骝马，向山上奔去。

刚冲到半山腰，忽听一阵锣响，一队官挡住了去路，指挥同知刘福大叫："邓茂七，快快下马投降！"邓茂七也不答话，挥剑猛杀，刘福急举双刀应战。邓茂七一心只想冲上山去杀死罗汝先，无心与刘福恋战，便使出绝招，"咣当"一声，刘福的双刀都被削为数段。刘福大惊失色，往旁躲过剑锋，邓茂七趁机冲出重围，又向山上奔去。

刘福回过神来，见邓茂七冲出不远，忙张弓搭箭向他射去。邓茂七只顾往上冲，没提防背后有人射箭，第一箭被射中左臂，一阵巨痛。他一咬牙，猛力一下拔出箭来。这时第二箭又到，射中后心，幸好有护心镜，没伤着人；邓茂七回头想看是谁射箭，但第三箭疾飞而至，从面颊穿过。铲平王口喷鲜血，翻身落马，刘福正赶到，挥刀欲砍人头，亲兵们拼命抵挡，抱着邓茂七按在马鞍上。但还是慢了一点点，铲平王身上又被刘福砍了两刀，鲜血直流。众亲兵不顾生死，护着铲平王往山下跑去，罗汝先与刘福率兵紧追。

正好张留孙杀退刘得新，一路奔来，看见铲平王一身血染战袍，面如死灰，气息奄奄，便大哭道："大哥，小弟为你报仇去。"提起铁棒就要去杀官兵。林仔德一见，忙拖住他说："保护大王要紧，报仇之事慢一步再说。"于是张留孙断后，一行人向后坪冲去。众将得知铲平王受重伤，军中无主，也聚集兵马，退向后坪集结。

午后三军都到了后坪，与邓伯孙率领的水军残师会合。众军听说铲平王受重伤，都放声大哭，哀声遍野。伯孙急叫随军土医为铲平王治疗创伤，但邓茂七一直昏迷不醒。土医长叹一声道："大王失血过多，又重伤在头部，看来神仙也难医呀！"

这一仗义军折了近一半人马，战船又毁了六成，众将再也无心恋战了，找了一乘轿子，抬着铲平王退往沙县。

刚走出不远，迎面遇到江西都指挥吴立德率领的五千兵马，张留孙一见咬牙切齿，挥棒就要上前厮杀。林仔德叫道："不可，护着铲平王冲出重围要紧。"于是，分出一些兵力抵挡江西的官兵，其余人都护着铲平王冲出重围。

当到达后洋时，天色已黑，大家刚想宿营休整一下，忽然又听到连珠炮响，无数火把从四面八方涌出来，照得满山遍野都亮堂起来。火光中，看见一杆旗上书着"浙江"和一个大大的"邓"字，原来是浙江都指挥邓衍宁率五千兵马截杀出来。只听那邓都指挥大言不惭地叫道："邓衍宁在此，寇贼哪里走！"

一句话惹恼了张留孙，大喝一声："小儿别猖狂，大爷送你上西天见佛祖去。"说罢，挥舞镔铁棍扫向邓衍宁的坐骑。邓衍宁急忙举起长枪挡去，顿觉双臂酸麻，差点握不住长枪，心中大惊，提起精神斗了起来。官兵趁势与义军拼杀一团，战斗相当惨烈。斗了百余回合，邓衍宁力气渐渐不支，张留孙趁机一铁棍砸烂他的马头，那马一声惨叫，将他掀下来，亲兵急忙一拥而上，救走主将。其余官兵见主帅已败，无心恋战，纷纷丢下火把奔逃。黑暗中张留孙也不再追杀，叫亲兵召集义军人马。可这一场混战，义军又战死了不少人，召集半天，才有上千人马。

邓伯孙护着铲平王的轿子已经先往沙县去了，张留孙带着残部疾走，快到天亮时，才在沙县城郊赶上伯孙他们，急忙问铲平王醒来没有？伯孙哭丧着脸说："尚未醒转。"张留孙便叫停轿，掀开轿帘，借着微微晨光一瞧，只见铲平王面白如纸，全身软瘫。忽然，他微启双目，左看右看，喜得张留孙一声欢叫："大哥醒来了，醒来了！"

邓茂七似乎认出他来，张一张口，却说不出话来。伯孙与众将听说铲平王醒了，纷纷涌到轿前探视。铲平王只略向众将微微点头，便闭上眼睛，再也没张开了。

众将领和数千义军听说铲平王归天，悲痛欲绝，围着轿子黑压压跪成一片，号啕之声远传数里之远。真是苍天垂泪，江河呜咽，百音俱绝，万物齐悲，苍穹上乌云越压越低，呼啸的山风愈刮愈烈，不一会儿，天上飘起了凄凉的雨丝，凉透了义军的心。

林仔德哭了一阵，劝众将道："官兵很快就会围追而来，咱们快进城料理大王的后事吧！"

大家一听有理，便停止哀号，拥着铲平王的遗体进入县衙。古语有道："国不可一日无君。"而义军也一样，不可一日无主。如今铲平王归天，军师与妹子邓彩云、四弟陈敬德都不在身边，只有三弟张留孙一人在前，众将请他作主推举新王。张留孙流着泪说："我寸心已乱，就请众将做主吧！"

林仔德等将领说："按照古例王位应传给大王最亲的人，伯孙少将军是铲平王的亲侄，又英勇善战，就请他继位，张大将军认为如何？"

张留孙说："我是个粗人，也想不出好主意，我明天一早上山请军师一起来商量吧！"

军师黄宗富听到铲平王归天的噩耗惊呆了，半天说不出话来。他想到的已不是失去大哥的悲痛，而是整个义军的命运。现在大家推举邓伯孙继位，虽说参照古例无可厚非，但强敌压境，数万义军的命运就交给这个愣头青掌管，可忧哇！但事已至此，不同意又有什么用呢？

他便和张留孙一道下山，在铲平王灵前拥立邓伯孙为王，次日就为铲平王收殓举哀。

县衙大厅上搭灵棚、悬素幡、挂白幔、素球。众将披黑纱排队在铲平王灵前跪拜致哀；义军分批前来祭奠。全城的百姓听到铲平王归天的噩耗，都哀号不已，家家户户摆起香案，烧香点烛祭奠铲平王。偌大的一个沙县城，到处都是祭奠铲平王的人们，街巷中可闻得尽是赞颂铲平王功德的言论。来到县衙在铲平王灵前磕头致哀的人流更是整日不断。

邓伯孙一面主持铲平王的后事，一面派快马通报南征两路大军。陈敬德与邓彩云正在合围漳州府，因漳州卫指挥辜宾是个饱读经书之人，通晓孙子兵法，善于用兵，将漳州城守卫的铁桶般牢固，义军一连攻打了月余也没攻破。忽然接到邓茂七阵亡的消息，立即撤兵回沙县。

当邓彩云风尘仆仆赶到沙县时，一看灵堂上有两口棺材，惊问何故？军师悲哀地告诉她：千户龚遂荣设反间计，新王伯孙涉世未深，中了奸计，误杀猛将张留孙。真是屋漏偏逢连夜雨，行船又遇顶头风，直气得邓彩云差点背了气，用颤抖的手指着邓伯孙，伯孙见状急忙跪下说："姑姑，我知错了，你骂我吧！"但骂又有什么用呢？人都已死了，义军中许多将领的心也都冷了，黄宗富只是唉声叹气："天意呀，真是天意呀！"邓彩云却不同意他的观点，说："事在人为嘛，当初大哥起反时才几千人马，几个月后不就发展了 10 多万兵马。如今虽然大哥已去，但众兄弟和义军都在，我们依然可以重新打天下，二哥你就别灰心丧气了。好吗？"

第二天，众将领护送铲平王和张留孙的灵柩去黄竹坑安葬，全城百姓在街道两旁摆香案为铲平王送行，有不少人还跟着灵柩上黄竹坑。

义军留下一部分守沙县城，其余的全都身披黑纱，跟随送葬的队伍扶灵柩前往黄竹坑，一路上哀乐阵阵，哭声震动山野。

黄竹坑的村民全都来到离村五里的亭子前跪接邓茂七和张留孙的灵柩，男女老少扶着漆黑的巨大棺木号啕大哭。当棺柩送至后山入土之时，义军和村民以及沙县城关与沿途跟来送殡的人群满山遍野跪拜哭祭，哀乐震天，哭声撼地。人们为一代枭雄铲平王邓茂七的不幸逝世而悲哀，更为这一场轰轰烈烈的农民起义运动的前途与命运而担忧。虽然义军又推举邓伯孙继任铲平王之位，但他毕竟年纪尚幼，容易冲动，自毁长城，杀了大将张留孙后，义军将领中有不少人胆寒。军师黄宗富自铲平王邓茂七逝世后，神情一直恍恍惚惚，哼哼哈哈，问他一些要紧之事，他也总是推说方寸已乱，拿不出主意来。邓彩云虽然头脑清醒，办事果断，但终究是一介女流，难以统领义军。而朝廷派来的近五万大军已压境，义军的出路在何方？

为邓茂七安排完后事，义军便进驻锣钹顶陈山寨。大家刚安顿好，就接到快马送来不幸的讯息：镇守浯州岛的总都督阎诗荣得到铲平王邓茂七逝世的噩耗时，立即下令回师沙县。由于没有听当地渔民的劝告，在海上遇到特大风暴，2万义军全部葬身海底。义军将领听到这一消息时，全都唏嘘不止。

邓彩云清点了一下义军所剩兵马，老营与闽南回师的义军仅有2万人，尤溪蒋福成义军只剩4000人。但兵马分散在各处驻守，陈山寨老营的兵马只有1万多，设三道防守战线，做好与官兵决斗的准备。

3月中旬，陈懋、曹吉祥等人所率兵马到达延平府。沙县城随即也被官兵攻占，罗汝先封为沙县县丞，黄谨为沙县主簿。罗汝先又采用攻心的手法，用箭将劝降书射上陈山寨，瓦解义军。果然，有不少义军离开了陈山寨。官兵又用神机炮轰击寨门，寨栅被烧着，第一道防线失守了。义军又退守第二道防线，凭借天险坚守。陈山寨上早已屯积了不少粮食，足够万余名义军吃上两年。因此，只要守住陈山寨，待形势有了转机时，义军不难东山再起。

由于锣钹顶险峻无比，只有羊肠小道通往山上，所以神机炮在山脚下第一道防线发挥了作用后，就抬不上设在半山腰极险之处的第二道防线。义军在这里与官兵相持了几个月，后来有些义军被罗汝先的攻心术击败，里应外合，献了寨门，蓝得隆等义军将领在激战中被刘福生擒，第二道防线又被攻破。

第三道防线更是艰险，官兵费了更大的周折，又一连攻打了数月，才于十一月间打破防线，攻上陈山寨，杀死巾帼英雄邓彩云和许多义军女兵，活抓邓伯孙，在沙县城关开斩。至此，明代中叶这场最大的农民起义归于失败。

但是，这场农民起义的影响却没有消失，它一直留在东南各省人民的心中。此后不久，邓茂七义军中的一名小将罗丕又揭竿而起，重新打起铲平王的旗号，带着数千义军，神出鬼没地袭击官兵，在闽北、闽西及浙江一带坚持斗争了 6 年。后来，贵州苗族起义领袖虫富也举起义旗反抗朝廷，并自号"铲平王"。明末闯王李自成起义军中的杆子丁国宝也自翔"铲平王"。明末清初江西吉安一带的农民为了反抗地主豪强的压迫剥削，也举起"铲平王"的旗号进行斗争。因此，铲平王邓茂七成为当时中国南方人民反抗强权的一面旗帜，其影响之大、范围之广、历史意义之长远，都远远超过了一次农民起义所能产生的效应。中国农民起义的历史上，记载下这次轰轰烈烈的农民起义运动；劳动人民的心中，也永远留下了这一个光辉的名字——铲平王邓茂七！